얼음벽 속의 학교

동화향기 23

얼음벽 속의 학교

1판 1쇄 인쇄 | 2025년 1월 21일
1판 1쇄 발행 | 2025년 1월 27일

지은이 | 최형심
그린이 | 이선주
펴낸이 | 이상배
펴낸곳 | 좋은꿈
디자인 | 김수연

등록 | 제396-2005-000060
주소 | 경기도 고양시 일산동구 장백로 26, 103동 508호
    (백석동, 동문굿모닝힐 1차) (우)10449
전화 | 031-903-7684 팩스 | 031-813-7683
전자우편 | leebook77@hanmail.net

ⓒ 최형심, 이선주, 좋은꿈 2025

ISBN 979-11-91984-61-3   73810

블로그 • 네이버 | blog.naver.com/leebook77 | 인스타그램 • leebooks77

*좋은꿈-통권 110-2025-제2권

어린이제품안전특별법에 의한 제품 표시
제조자명 좋은꿈 | **제조년월** 2025년 1월 | **제조국** 대한민국 | **사용연령** 8세 이상

얼음벽 속의 학교

최형심 글 | 이선주 그림

좋은꿈

유년 시절의 추억은 힘이 세다

마당에 어스름이 내립니다. 바람이 유리창을 흔들고 진녹색 밀감나무 잎들이 흔들립니다. 손톱만 한 작고 예쁜 꽃들을 잔뜩 매단 가지가 파르르 떨리자 은은한 향기가 사방에 퍼집니다. 낮 동안 분주하게 꽃과 꽃 사이를 오가던 꿀벌들도 집으로 돌아갔습니다. 오래된 책들이 습기를 머금은 방 안, 이야기가 이끄는 먼 나라로 떠난 아이는 사방이 어두워지는 줄도 모릅니다. 문득 고개를 들어 보니 창밖에는 점점이 하얀 밀감꽃들이 달빛을 받아 푸른빛을 내고 있습니다. 그 모습이 너무 예뻐서 아이는 마당으로 향합니다. 현관문 앞에 검은 강아지가 웅크리고 잠들어 있습니다. 아이는 쪼그리고 앉아 강아지의 등을 쓰다듬어 줍니다. 강아지는 살며시 눈을 뜨고 꼬리를 몇 번 흔들더니 다시 꿈속으로 들어가 버립니다. 미소 짓는 아이의 머리 위로 작은 별들이 앞다투어 깨어나고 있습니다.

　저에게 어린 시절은 달빛과 바람과 흔들리는 풀들, 투명한 연녹색의 바다와 은모래로 가득한 아름다운 시간이었습니다. 아버지의 파견 근무지였던 제주도에서의 생활은 그리 길지 않았지만, 인생에서 가장 아름다운 시절이었습니다. 세상이라는 거대한 파도가 저를 바위에 내동댕이칠 때마다 하얀 꽃과 시끄럽게 웅성거리는 벌 떼와 푸르고 아름다운 바다 위를 날아 저편으로 사라져 간 나비를 생각하며 용기를 내곤 했습니다.

　아름다운 유년 시절은 힘이 아주 셉니다. 이 책과 함께하는 어린이들 모두 즐겁고 행복한 상상 속을 헤엄치며 오래도록 기억될 추억을 만들 수 있기를 소망합니다.

　2025년 새봄을 기다리며

　지은이 최 형 심

차 례

얼음벽 속의 학교

"이럴 수가…. 그림자 경주의 끝에는 우승자를 위한 화려한 시상식이 기다리고 있는 게 아니었어?"

다른 두 아이는 갑자기 할 말을 잃고 서로를 마주 보았다. 땀으로 뒤범벅이 된 두 아이의 눈에서는 어느새 굵은 눈물이 뚝뚝 떨어지고 있었다.

1. 그깟 시험이 뭐라고

"야호!"

열두 시를 알리는 종이 치자 교실 문을 박차고 나간 아이들이 소리를 지르며 우르르 계단을 내려갔다.

"야 인마, 밀지 말라니까."

"비켜, 비켜, 형님 배고프다."

아이들은 장난을 치며 썰물처럼 교실을 빠져나갔다.

"수연아, 너는 급식실에 안 가?"

오늘 새로 바뀐 짝이 문을 닫으려다가 우두커니 앉아 있는 수연을 발견했다.

"응, 나 오늘 속이 좀 안 좋아서⋯."

수연은 혼이 다 빠져나간 사람처럼 대답했다. 수연은 오늘 새로 바뀐 짝의 이름을 떠올리려고 이마를 찌푸렸다. 그 모습을 지켜보던 짝이 슬그머니 문을 닫았다.

갑자기 교실이 너무 조용했다. 수연은 가만히 자신의 몸을 빠져나오는 숨소리를 들었다. 살아 있는데 살아 있는 것 같지가 않았다. 수연은 천천히 눈길을 교실 앞쪽으로 돌렸다. 방금 전의 풍경이 눈앞에서 구겨졌다. 수연의 눈에는 눈물이 글썽거렸다.

"김지혜!"

오늘따라 수업에 들어온 담임선생님의 목소리가 밝았다.

"너 100점 맞았더라. 어쩜 너무 기특해! 이번 시험이 너무 어려웠다고 다들 야단이던데 말이야."

담임선생님은 교단 위로 올라서기 전에 김지혜의 머리부터 쓰다듬었다. 머리카락이 흘러내리지 않도록 꽂은 김지혜의 머리핀에서 파란 보석이 반짝 빛났다. 아이들의 시선이 김지혜에게로 쏠렸다. 수연의 심장이 쿵, 멎었다. 심장으로 몰려가야 할 피가 갑자기 머리 쪽으로 역류하는 것 같았다.

"다들 왜 그렇게 시험을 못 봤어. 이번에 평균이 너무 낮게 나와서 아무래도 재시험 봐야 할 것 같아."

"선생님, 인간적으로 너무 어려웠어요."

아이들이 한목소리로 투덜거렸다.

"단원평가가 아니라 무슨 경시대회인 줄 알았다니까요."

똥머리가 큰 소리로 구시렁거렸다.

"공부를 안 한 거겠지. 누구는 100점인데 누구는 20점이야."

담임선생님은 손에 들고 있던 책 모서리로 김지혜 뒷자리에 앉은 똥머리의 책상을 툭툭 쳤다.

"아, 왜 그러세요?"

혹시 한 대 맞을까 똥머리가 몸을 뒤로 젖혔다. 그러자 왁스 냄새와 머리 냄새가 뒤섞인 역겨운 냄새가 수연의 머리를 어지럽혔다.

'하필이면 이런 애 뒤에 앉을 게 뭐야.'

수연은 부르르 떨리는 손을 꽉 쥐었다. 그러자 눈꺼풀이 파르르 떨려 왔다. 눈을 감으면 안 되는데 뭔가 무거운 것이 머리를 짓누르는 것 같았다. 귀가 먹먹해졌다. 소리가 자꾸만 멀어져 갔다. 책 위의 글자들이 모두 슬슬 수연의 눈길을 피하더니 어디론가 숨어 버렸다. 온통 하얗게 변해 버린 책을 바라보는 머릿속도 텅 비어 버렸다. 그 한 시간이 어떻게 지나갔는지 기억이 나지 않았다.

수업이 끝나자 몇몇 아이들이 김지혜 자리 쪽으로 몰려갔다.

"와, 좋겠다. 같이 밥 먹으러 가자!"

평소에 전혀 친하지 않았던 아이가 다가와 김지혜의 팔을 잡아끌었다.

"어머, 무슨 소리야. 나랑 가야지. 안 그래, 지혜야?"

다른 아이가 다가와 반대쪽 팔을 잡아끌었다. 김지혜는 웃으며 일어났다.

"그런데 너 소식 들었어? 우리 학교에 천재가 한 명 전학 온대."

그 말을 듣는 순간, 김지혜의 표정이 순식간에 석고상처럼 하얗게 굳었다. 다행히 그때 지나가던 남자애 몇이 다가와 김지혜에게 말을 걸었기 때문에 아무도 눈치채지 못했다.

"야, 너 좋겠다. 학원 어디 다녀?"

아이들이 몰려가며 깔깔대는 소리가 뾰족한 침처럼 수연의 가슴을 찔렀다.

2. 잊힌 나비

벌써 몇 분째 한 자세로 책상 앞에 앉아 있었다. 책상 위에는 아직도 책이 그대로 펼쳐진 채 널려 있었다. 교실에는 수연을 제외하고는 아무도 남아 있지 않았다. 순간, 김지혜를 칭찬하던 담임선생님의 표정이 눈앞을 스쳐 갔다. 수연은 머리카락을 잡아 뜯었다. 수연은 그 기억을 떨쳐 버리려고 머리를 세게 가로저었다. 그러자 숨마저 턱막혔다.

"아, 짜증 나. 100점 맞으면 스마트폰 바꿔 준다고 했는데."

이렇게 소리치는데 가슴 한 켠이 쓰리고 아팠다.

"6학년 올라와서 본 첫 시험부터 왜 내가 아니라 다른 애가 100점 맞는 꼴을 봐야 하는 거냐고!"

수연이 초등학교 3학년이 되던 해, 엄마는 무리를 해서 이 동네로 이사를 왔다. 아이들 공부에 관심 있는 사람이라면 누구나 다 가고 싶어 하는 동네라고 했다. 이사하기 전 동네에서 수연은 영재라는 소리를 들으며 자랐다. 시험만 봤다 하면 항상 100점이었다. 하지만 새로 이사 온 동네의 분위기는 엄마가 생각했던 것보다 훨씬 치열했다. 학원을 다섯 개나 다녔지만 이사 온 후로 영재라는 소리를 듣기는커녕 100점을 맞기도 힘들었다. 한 집 건너 한 명씩 의대를 지망하는 아이들이 있었고, 같은 아파트에 해마다 명문 대학에 입학한 언니, 오빠들의 이름이 아주머니들 입에 오르내렸다. 그러다 보니 좋은 대학을 가기 위해 부정한 방법을 사용했다가 온 가족이 뉴스에 나오는 일도 있었다.

엄마는 수연의 성적이 좋을 때는 더없이 좋은 엄마가 된다. 학교에 갈 때도 학원에 갈 때도 늘 자동차로 수연을 데려다주고 학원 수업을 마칠 때까지 기다려 주었다. 학원 수업을 마치고 나온 수연에게 맛있는 음료나 아이스크림을 사 주고, 100점을 맞은 날은 잘했다고 머리를 쓰다듬어 주기도 했다. 하지만 성적이 떨어지면 엄마는 돌변했다. 갑자기 피가 돌지 않는 사람처럼 냉정해졌다. 수연은 엄마의 그런 차가움을 무엇보다 견디기 어려웠다.

엄마의 차가운 표정이 수연의 머릿속을 스쳐 갔다. 한동안 속사포 같은 잔소리 폭격을 맞을 생각을 하니 가슴이 답답했다.

"하필이면 김지혜랑 같은 반이 돼서 이 꼴이 뭐람."

김지혜는 하도 자주 100점을 맞아서 별명이 '또 백 점'인 아이였다. 동네 학원에서는 모르는 사람이 없었다.

수연은 펜을 집어 들고 펼쳐져 있던 교과서 위에 아무렇게나 벅벅 그어 댔다. 힘주어 그은 자리가 죽 찢어졌다. 입술을 꽉 깨물었다. 어느새 눈에는 눈물이 그렁그렁 고였다. 곧 손에 힘이 풀렸다. 수연은 천천히 자리에서 일어났다. 그대로 앉아 있으면 미친 듯이 소리라도 지를까 두려워서였다. 너무 오래 한 자세로 앉아 있었는지 발이 저렸다. 수연은 절뚝거리며 칠판 쪽으로 걸어갔다.

수연의 등 뒤로 느껴지는 교실은 더없이 조용했다. 칠판 앞에 선 수연은 익숙하지 않은 고요함 때문에 잠시 뒤를 돌아다보았다. 아이들의 책상 위에는 아무렇게나 물건이 널브러져 있었다. 멀리 굳게 닫힌 사물함과 청소도구함도 눈에 들어왔다. 게시판에 걸린 '공부 잘하는 방법'에 이르러서는 가볍게 한숨을 쉬었다. 그러고는 부러진 분필 하나를 집어 들었다. 열린 창문 틈새로 이따금 바람이 불어와 커튼을 흔들고 갔다. 수연은 흐르는 눈물을 닦을 생각도 하지 않고 반쯤 지워진 칠판 위에 의미 없는 낙서를 하기 시작했다. 동그라미 몇 개를 그렸는데 꽃처럼 보였다. 수연은 꽃을 보자 마음이 조금 누그러졌다. 노란 분필을 집어 들고 가만가만 나비를 그렸다.

"나비였으면 좋겠다. 그럼 시험이나 성적 따위에 울 일도 없을 거 아니야. 중학교 선행한다고 꽃피는 봄에 골방에 처박혀서 문제집만 풀지 않아도 되고…. 그냥 아무 생각 없이 푸른 들판을 훨훨 날아다니면 얼마나 좋을까…. 그렇지 나비야?"

수연은 그림을 그리다 말고 한쪽 뺨을 칠판에 댄 채 중얼거렸다. 수연의 뺨을 흐르던 눈물이 칠판을 타고 흘러내렸다. 눈물은 이윽고 나비 그림에 다다랐다. 그러자 나비의 날개가 설핏 흔들리는 듯했다. 수연은 헛것을 보았나 하고 눈물을 거두고 눈을 크게 떴다. 바로 그때, 나비가 더 크게 날개를 팔락거렸다.

"아이, 갑갑해."

분명 교실에는 수연밖에 없는데 누군가 말을 하고 있었다.

"누구세요?"

수연은 깜짝 놀랐다.

"눈앞에 보고도 몰라? 여기야 여기!"

나비의 날개가 지난번보다 더 크게 팔락거렸다.

"어, 뭐야? 너는 내가 그린 나비잖아!"

수연이 눈을 동그랗게 뜨며 말했다.

"이제야 나를 알아보는군. 그나저나 나를 좀 꺼내 줘. 답답해 죽겠어."

나비가 말했다.

"어떻게 나비가 거기 있는 거야. 그리고 왜 나보고 꺼내 달라는 거지?"

뜬금없는 나비의 부탁에 수연은 난처했다.

"너, 나 진짜 몰라? 나는 네 마음속에 살고 있는 나비잖아. 기억 안 나? 어렸을 때는 매일 나한테 말도 걸고 그랬는데…. 머리 좀 컸다고 말도 안 붙이더니 어느 날 나를 문제집 속에 가두고는 한 번도 다시 그려 주지 않았잖아. 하여간 답답해 죽겠으니까 나 좀 빨리 꺼내 줘."

나비가 원망스러운 듯 말했다.

"어, 진짜? 내가 그랬었나…. 뭐, 그건 그렇다고 치고. 대체 어떻게 해야 너를 거기서 꺼내 줄 수 있지. 난 정말 모르겠는데."

수연이 당황하며 말했다.

"뭐야, 왜 그래? 예전의 너는 그러지 않았잖아. 요정이랑 이야기도 나누고…. 잠깐이라도 좋으니까 그때의 너로 돌아갈 수 있는 방법이 없을까? 그럼 뭔가 방법을 알 수 있을 것도 같은데 말이야. 하여간 답답해서 더 이상 여기에서는 못 살겠어. 봄이라 꽃도 피고 산들바람도 부니까 몸이 근질거려서 미치겠어. 제발 좀 도와줘!"

나비의 애원에 수연은 생각에 잠겼다. 기억을 더듬다 문득 사물함 깊숙이 넣어 둔 옛날 그림책 한 권이 떠올랐다.

'아, 그거? 엄마에게 혼이 날까 봐 숨겨 둔 바로 그….'

수연이 4학년이 되었을 때, 엄마는 이제 그림책 같은 건 필요 없다고 했다. 수연이 내 책인데 왜 엄마가 맘대로 하냐고 짜증을 냈을 때, 엄마는 들고 있던 책으로 수연의 머리를 갈겼다. "정신 차려! 이제부터는 전쟁이야." 그 말을 할 때 엄마의 매몰찬 눈빛이 떠올랐다 사라졌다. 그날 밤, 엄마는 어린 시절 수연이 좋아하던 그림책들을 노끈으로 묶어서 재활용품으로 내놓았다. 하지만 수연은 가장 아끼던, 환상적인 그림이 가득한 책 한 권만은 도저히 버릴 수가 없었다. 수연은 엄마 몰래 책을 빼냈다. 엄마에게 발각되면 난리 날 것이 분명했기 때문에 그 책을 집 안에 숨겨 둘 수가 없었다. 수연은 급한 대로 그 책을 학교 사물함에 숨겨 두었다. 소중하게 여기는 그림책이어서 학년이 바뀔 때마다 다른 책들과 함께 새로운 사물함으로 옮겨 두었다. 하지만 어느 순간부터 숨겨 두는 일 자체가 습관이 되었을 뿐 단원 평가, 쪽지 시험, 수행 평가, 학원 레벨 테스트, 학원 시험으로 이어지는 온갖 시험들 때문에 그 책에 마음 쓸 여유가 없어졌다. 그러나 언젠가 그런 멋진 상상력과 그림으로 가득 찬 책을 꼭 한 권 써 보고 싶다는 생각은 여전히 마음 한구석에 남아 있었다. 은백색 문이 그려진 그 책의 첫 장을 넘기면 작은 날개가 돋는 요정이 되어 어디로든 날아갈 수 있었다. 책을 읽기보다는 책을 펴고 공상에 잠기는 일이 더 많았지만 수연은 그 책이 좋았다. 아무런 고통이 없었던 어린 시절을 그 책만이 기억해 주고 있었다. 생각이 거기에 미치자 수연은 사물함 쪽으로 성큼 성큼 다가갔다.

사물함을 열었다. 가득한 문제집과 참고서 때문에 구석까지 손이 잘 닿지 않았다. 수연은 참고서와 문제집들을 한쪽으로 밀어서 공간을 만들었다. 팔 하나가 가까스로 들어갈 수 있을 정도의 공간이 생겼다. 수연은 팔을 사물함 깊숙이 집어넣었다. 아무것도 손에 잡히는 것이 없었다.

"어, 뭐야? 내가 분명 넣어 뒀는데….”

수연은 팔을 더 깊숙이 넣었다. 그런데 사물함 안쪽이 텅 빈 것 같은 느낌이 들었다. 수연은 고개를 젖히고 팔을 끝까지 넣어 손을 이리저리 휘저었다. 그런데 갑자기 손끝에 서늘한 무언가가 닿았다.

"앗!”

섬뜩한 느낌에 놀란 수연이 급하게 팔을 빼려고 하는데 갑자기 사물함 안쪽에서 누군가 확 당기는 것 같은 느낌이 들었다. 비명을 지를 사이도 없이 순식간에 몸이 그 속으로 쑥 빨려 들어갔다.

3. 그림자 경주

수연은 깜짝 놀라 주변을 이리저리 둘러보았다. 그곳에는 족히 수백 명은 될 듯한 아이들이 서성거리고 있었다.

확성기에서는 무언가 열심히 설명하는 말이 흘러나왔다. 그러나 아이들이 웃고 떠드는 통에 무슨 이야기인지 알아들을 수가 없었다.

"여기가 도대체 어디야?"

수연은 혼잣말로 중얼거렸다. 그때 탕 하는 소리가 아이들 머리 위에서 들렸다. 수연은 천둥소리인가 하고 하늘을 올려다보았다. 그러나 하늘은 어느 때보다 맑았다.

"아이, 뭐 하는 거야. 출발 신호가 났는데. 야, 뛰기 싫으면 방해하지 말고 꺼져."

무슨 일인지 몰라 어리둥절하며 서 있는 수연을 밀치며 한 남학생이 소리쳤다. 주변에 있던 아이들이 너나없이 모두 앞을 보며 달리기 시작했다. 얼떨결에 수연도 그 무리에 끼어 덩달아 달리기 시작했다. 한 줄기 산들바람이 수연의 뺨을 만지고 지나갔다. 그 바람 속에서 은은한 수수꽃다리 향기가 났다. 사방을 둘러보니 막 새순이 돋기 시작한 나무들이 연둣빛 손을 흔들며 응원해 주고 있었다. 개나리꽃이 진 자리에는 파릇한 잎이 돌아나 있었다. 뒤늦게 꽃을 피운 개나리꽃 한두 송이가 새싹들 사이에서 별처럼 빛나고 있었다. 보랏빛 수수꽃다리 밑을 지날 때면 어김없이 산들바람이 수연의 뺨을 쓰다듬어 주었다. 수연은 오랜만에 느끼는 봄 햇살을 맘껏 즐기며 가볍게 달렸다.

"와, 수수꽃다리다!"

몸집이 작은 아이 하나가 달리다 말고 수수꽃다리 꽃 무더기 앞에 멈춰 서서 눈을 감았다. 수연은 곁눈질로 그 아이를 보며 미소를 지었다. 그 아이의 행복한 기분이 수연에게 전해 오는 것 같았다.

그때였다. 눈을 감고 깊은 숨을 들이쉬던 그 아이의 등 뒤로 유난히 긴 그림자를 가진 남자아이 하나가 조용하게 다가갔다. 긴 그림자를 가진 아이의 발이 순식간에 작은 아이의 그림자를 밟았다. 그러자 수수꽃다리 향기에 취해 있던 아이가 갑자기 비명을 질러 댔다.

"아악!"

수연은 놀라서 달리기를 멈추었다. 아이의 몸이 서서히 사라지기 시작했다.

"내 다리가….."

이렇게 말하는 아이의 놀란 눈과 수연의 눈이 딱 마주쳤다.

'아, 쟤는…'

이번에 바뀐 새 짝과 참 많이 닮은 아이라는 생각이 수연의 머릿속을 스쳐 갔다. 어느새 아이의 놀란 눈마저 수연의 눈앞에서 사라지고 말았다. 수연은 너무 놀라서 긴 그림자를 가진 아이를 빤히 쳐다봤다. 그러나 그 아이는 수연에게 눈길도 주지 않고 더 속도를 내어 달려갔다. 수연은 믿을 수 없다는 표정으로 멀어져 가는 긴 그림자의 뒷모습을 바라보았다.

"흥, 한심하게 꽃향기 따위나 맡고 있냐. 당해도 싸지, 싸."

그때 수연 옆을 지나가던 한 아이가 말했다.

"방금 내 눈앞에 있던 개는 어디로 간 거야?"

수연은 눈을 동그랗게 뜨고 물었다.

"그건 나도 몰라. 정신 똑바로 차리지 않으면 너도 곧 그 꼴 날걸."

그 아이가 말했다.

"그게 무슨 말이야?"

수연은 아이의 말을 이해할 수 없어서 다시 물었다.

"몰랐어? 아까 확성기 방송할 때 다들 딴짓하더니…. 지금 우리는 그림자 경주를 하고 있는 거야."

"그림자 경주?"

수연의 목소리가 한층 더 높아졌다.

"응. 제일 큰 그림자를 만드는 사람이 이기는 경주야. 잘 봐. 애들 그림자 길이가 제각각인 게 보이지?"

그 아이는 다른 아이들의 그림자를 가리켰다. 수연은 고개를 돌려 부지런히 달려가고 있는 아이들의 그림자를 살폈다. 정말 아이들 그림자는 길이가 제각각이었다. 키가 작은 여자아이가 아주 긴 그림자를 가지고 있기도 하고, 반대로 키가 큰 아이가 아주 짧은 그림자를 가지고 있기도 했다.

"어, 정말 그러네. 그건 그렇고 어떻게 하면 긴 그림자를 가질 수 있는 거야?"

수연은 갑자기 경주에 흥미가 동했다.

"간단해. 남보다 부지런히 뛰는 거야. 그럼 그림자의 길이가 그 거리만큼 조금씩 늘어나. 그런데 그렇게만 해서는 길고 멋진 그림자를 가지기는 힘들지. 남보다 더 긴 그림자를 갖고 싶다? 그럼 아까 그 애가 한 것처럼 뺏어."

남자아이가 약간 우쭐해하며 말했다.

"뺏으라고, 어떻게 뺏는 건데?"

수연은 점점 이 경주에 끌렸다.

"그것도 간단해. 남의 그림자를 밟으면 돼. 단, 그림자의 왼쪽 가슴을 밟아야 해. 그럼 아까처럼 그림자의 주인은 사라지고 그 그림자만큼 내 그림자가 늘어나는 거야. 그러니까 아까 그 애처럼 꽃향기 따위에 한눈팔면 안 돼."

"와, 재미있겠다!"

수연은 갑자기 온몸에 힘이 나는 것을 느꼈다. 수수꽃다리 향기를 맡던 소녀를 걱정하던 마음 같은 것은 까맣게 잊어버렸다.

"내 이름은 수연이야. 너는?"

"아, 나는 준혁이라고 해."

준혁은 키가 훤칠하게 크고 조금 마른 아이였다. 상기된 얼굴에는 땀방울이 송골송골 맺혀 있었다.

4. 새로운 친구

그림자 경주를 하고 있다는 사실을 알게 된 수연은 이제 꽃 따위에 신경 쓰지 않게 되었다. 그때부터 수연의 눈에는 그림자의 길이만 보였다. 준혁의 그림자는 벌써 키를 훌쩍 넘기고 있었다. 수연의 그림자는 이제 겨우 발끝에서 조금 자란 정도였다.

"그런데 왜 쟤들은 아직도 그림자가 저렇게 짧은 거야?"

수연은 몇 명을 빼놓고 대부분 작은 그림자를 가지고 있다는 사실이 좀 의외였다.

"그건 걔들이 그림자에 큰 욕심을 내지 않는 애들이라 그렇겠지. 이럴 때 그림자를 많이 늘려 놔야 해. 나중에는 독한 애들만 남아서 힘들어질 수도 있거든. 너는 운이 정말 좋은 줄 알아."

준혁이 수연의 등을 툭 쳤다. 수연은 이제야 이해가 간다는 듯이 고개를 끄덕였다. 그러고는 주변을 슬쩍 곁눈질했다. 마침 앞머리를 공들여 고데기로 만 아이 하나가 막 돋은 새순의 솜털을 만지고 있는 게 보였다. 수연은 달리기를 잠깐 멈추고 살금살금 그 아이 등 뒤로 다가갔다. 아이의 그림자는 겨우 한 뼘 될까 말까 했다. 수연은 그 아이의 등 뒤에 바짝 다가섰다. 수연이 아이의 그림자에 발을 대는 순간, 인기척을 느낀 아이가 살짝 뒤를 돌아보았다.

"솜털이 정말 부드러….”

그러나 아이는 말을 다 마치지 못하고 순식간에 사라져 버렸다. 수연은 발밑을 보았다. 어느새 수연의 그림자가 한 뼘 더 길어져 있었다. 수연은 펄쩍 뛰며 즐거워했다.

"야호, 나도 이제 그림자가 길어졌다!”

"너무 그렇게 좋아하지 마. 언제 다른 애가 네 그림자를 탐낼지 모르니까.”

준혁이 주변을 둘러보며 말했다. 그러나 수연은 그 말이 들리지 않는지 토끼처럼 깡충깡충 뛰면서 달렸다.

"그런데 너는 왜 내 그림자를 안 뺏어?”

수연이 갑자기 멈춰 서며 물었다.

"친구라고 생각하니까 그러지.”

준혁은 웃으며 대답했다.

"호호, 그래. 고맙네. 그런데 왜 친구라고 생각하는데?"

수연 역시 웃으며 물었다.

"그냥 지나쳐 갈 뻔했는데 네 손바닥이 보였어."

"손바닥?"

수연이 뜬금없어 보이는 준혁의 대답에 눈을 동그랗게 뜨고 자신의 손바닥을 들여다보았다.

"새까맣더라고. 손바닥이 그게 뭐냐?"

"아, 이거….."

수연은 수학 공식과 영어 단어를 빼곡하게 적어 놓은 자신의 손바닥을 보고는 치부를 들킨 것 같아서 얼굴이 붉어졌다.

"너도 그 짓 하냐?"

준혁은 씁쓸하게 웃으며 손바닥을 들어 보였다. 까맣게 수식이 적혀 있었다.

"어, 너도 그럼….."

준혁의 손바닥을 본 수연은 반가운 마음이 들었다.

"나도 일 분 일 초라도 아껴 가며 남들보다 한 글자라도 더 보려고 애썼지."

준혁은 손가락에 침을 묻혀 손바닥이 빨개지도록 문질렀다.

"에이, 잘 지워지지도 않네. 공부가 뭐라고 그 짓을 했나 몰라."

"그 짓?"

수연은 '그 짓'이라고 말하는 준혁의 표정이 어두워지는 것을 보고 물었다.

"그게 말이야, 학원 영재반에서 항상 1등만 하던 놈이 있었는데 내가 그놈을 한번 이기려고 이렇게 손바닥까지 검게 만들면서 공부를 했거든. 그래서 결국 내가 1등 먹었어."

"그래. 그런데 그게 왜?"

수연의 물음에 준혁의 눈빛이 흔들렸다.

"그 멍청한 놈이…. 난생처음 2등을 하고는 엄마한테 골프채로 맞았나 봐. 그래서 20층에서 뛰어내렸대."

"맞은 게 그렇게 아팠나? 나도 시험 못 봐서 맞아 봤는데 며칠 지나면 멍도 빠지고 그러던데. 우리 엄마도 장난 아니야."

수연이 대수롭지 않다는 듯이 대답하자 준혁이 버럭 화를 냈다.

"야, 사람이 다 너 같은 줄 아냐. 마음이…. 마음이 아팠던 거지!"

준혁은 이렇게 외치더니 갑자기 눈물이 글썽해진 채 마구 달리기 시작했다. 준혁의 눈물을 보자 수연도 갑자기 가슴이 시큰거렸다. 입술을 꽉 깨물었다. 약한 모습을 보이지 않으려고 할 때 수연이 하는 버릇이었다.

"야, 왜 그래?"

수연이 뒤따라가며 소리쳤다. 하지만 준혁은 미친 듯이 달려 나갈 뿐이었다.

수연은 꽃이나 새순에 한눈을 파는 아이들을 볼 때마다 그림자를 빼앗았다. 가끔 준혁의 눈물이 생각났다. 무언가 가슴을 찌르는 것 같았다. 그럴 때마다 수연은 더 부지런히 몸을 움직여 그림자를 뺏는 데 집중했다. 어느새 수연의 그림자는 수연의 키를 훌쩍 넘어서 웃자라 있었다. 긴 그림자는 움직일 때마다 수연을 따라 움직였다. 수연은 점점 길어지는 그림자를 보며 날아갈 것 같은 기분을 느꼈다. 그렇게 정신없이 달리다 보니 저 앞에 준혁이 잠깐 속도를 줄인 채 숨을 고르고 있는 것이 보였다. 준혁은 수연을 보자 겸연쩍은지 고개를 숙였다.

"아까는 미안했어."

"아니야. 그런 일이 있었으면 나라도 제정신이 아니었을 거야."

수연은 준혁을 이해한다는 듯 등을 툭 쳤다.

"윽, 무슨 주먹이 이렇게 매워!"

준혁이 아픈 척 너스레를 떨었다.

"그나저나 이제 우리 친구 맞지?"

준혁이 수연에게 물었다.

"응. 하지만 나를 너무 믿지는 마."

수연은 잠시 웃어 보이고는 다시 뛰기 시작했다.

5. 반칙자들

그림자를 키운 아이들은 마라톤 경주처럼 몇 개의 그룹으로 뭉쳐 달리기 시작했다. 혼자 달리는 아이들이 간간이 있기는 했다. 하지만 혼자 달리는 경우 쉽게 지치거나 뜻하지 않게 공격당할 때 도와줄 사람이 없다는 위험이 있었다. 때로 속도를 내서 앞서 달리는 무리로 끼어들어 가는 아이도 있고, 점점 속도를 줄이다가 결국 뒤에 오던 무리에게 추월당하거나 끝내 그림자를 뺏기고 사라지는 아이들도 있었다. 물론 무리 지어 달린다고 해도 웃는 얼굴로 서로 도와주며 함께 달리던 아이가 언제 갑자기 돌변해서 그림자를 채 갈지 알 수 없었다.

준혁은 늘 제일 앞에서 달려가는 무리에 속해 있었다. 수연은 열심히 달리는 준혁을 보며 힘을 내곤 했다. 하지만 수연은 경쟁이 너무 치열한 선두 그룹과는 거리를 두고 달리는 쪽을 선택했다. 선두에서 달리면 한 번만 성공해도 큰 그림자를 뺏을 수 있다는 장점이 있지만 조금만 실수해도 모든 걸 잃게 될 위험이 컸다.

갑자기 맨 앞 무리에서 달리던 준혁이 멈춰 섰다.

"이게 다 뭐야. 분명 그림자의 심장 부분을 수십 번 밟았는데 대체 왜?"

준혁의 목소리가 심상치 않았다.

"뭐긴 뭐야. 투명막이지."

햇빛을 받아 번쩍거리는 금테 안경을 밀어 올리며 한 아이가 비웃음 섞인 말투로 준혁에게 말했다.

"그런 게 있다고? 이건 반칙이야."

"반칙? 규칙을 설명할 때 그 어디에도 투명막을 사용하지 말라는 말은 없었어. 사람을 죽이지만 않으면 문제없다고."

금테 안경이 반칙이라는 준혁의 말에 강하게 반발했다.

"대체 이거 어디서 난 거야?"

준혁의 목소리에 분노가 서려 있었다.

"어디서 나긴? 경주 시작하기 전에 부모님이 챙겨 주신 거야. 너희 부모님은 이런 것도 안 준비해 주시디?"

반칙을 하다 걸린 쪽이 오히려 당당했다. 금테 안경은 준혁을 아래위로 훑어보았다. 명품 로고가 선명하게 보이도록 운동복 허리 부분을 잡아당겨 쭉 펴며 비웃듯 얄팍한 입술을 씰룩거렸다.

"그런 게 어디 있어."

준혁의 목소리가 갈라졌다.

"이건 그냥 이기면 되는 게임이야. 어떻게 이기느냐가 중요한 게 아니라고. 그림자를 빼앗기고 사라지느냐 살아남아 영광스러운 승리자가 되느냐, 그게 다라고."

금테 안경이 비아냥거렸다.

"뭐?"

준혁이 더는 참지 못하고 달리기를 멈췄다. 갑자기 멈춘

탓에 준혁은 가쁜 숨을 몰아쉬어야 했다. 준혁은 하고 싶은 말이 많은 듯했다. 하지만 준혁이 숨을 고르는 사이, 금테 안경은 약 올리듯 속도를 내서 달아나 버렸다.

"잠깐, 너 거기 서 봐."

준혁은 제자리에서 상체를 숙인 채 두 손으로 무릎을 짚고 숨을 헐떡이며 소리쳤다. 하지만 금테 안경은 못 들은 척 앞선 무리 사이로 비집고 들어갔다.

점점 멀어져 가는 아이의 뒷모습을 보는 준혁의 커다란 그림자가 흔들렸다. 수연은 잠시 혼란스러웠다. 준혁은 누구보다 확신에 차 있는 아이였다. 수연은 경주가 시작된 이후 준혁의 적극적인 모습을 보면서 힘을 내곤 했다.

그때, 누군가 다다다 요란한 소리를 내며 준혁을 향해 달려가는 게 수연의 눈에 들어왔다.

"준혁아, 조심해!"

준혁이 흔들리고 있는 사이를 노리고 있는 게 분명했다. 수연은 달려 나가 준혁의 그림자를 향해 달리는 아이를 밀었다. 그 아이는 수영이라도 하듯 허공에 팔을 두어 번 허우적거리더니 앞으로 꼬꾸라지고 말았다.

"아이, 씨!"

뜻하지 않게 꼬꾸라지게 된 아이는 고개를 들고 수연을 향해 도끼눈을 떴다. 그 틈을 놓치지 않고 수연이 그 아이의 그림자를 차지하기 위해 왼쪽 발을 힘주어 뻗었다. 그때 그 아이의 품에서 은색 물건이 반짝였다. 탕! 탕! 탕! 수연은 놀라서 본능적으로 고개를 뒤로 젖혔다. 깜짝 놀란 준혁이 수연을 향해 전속력으로 달려왔다. 그러고는 그 아이의 손을 발로 찼다. 아이가 쥐고 있던 은색 물건이 공중으로 솟아올랐다.

"잡아."

준혁이 소리쳤다. 수연은 둥글게 원을 그리며 하늘로 솟아오른 총을 두 손으로 받았다. 그 사이 준혁은 그 아이의 두 팔을 등 뒤로 모은 후 꼼짝 못 하도록 꼭 잡고 있었다. 그 아이는 얼굴이 시뻘겋게 변한 채 발버둥쳤다.

"내가 얘 잡고 있는 사이에 빨리 그림자에 발을 넣어."

수연은 준혁에게 총을 건네주며 그 녀석의 그림자에 발을 넣으려고 했다.

"안 돼. 그 총을 줄 테니 살려 줘."

"어차피 그림자를 빼앗기면 너는 사라지고 없어. 그럼 총은 그냥 우리 것이 되는데, 왜 굳이?"

준혁이 코웃음을 쳤다.

"총만 있으면 뭐 해. 총알이 있어야 할 거 아냐. 내가 총알을 전부 넘겨 줄 테니 나를 살려 줘."

아이가 애원하며 말했다.

"총알, 이거 겁주는 용도 아니었어?"

준혁이 물었다.

"그건 급해서 그런 거고. 진짜를 가지고 있어."

"진짜라니?"

준혁의 눈이 휘둥그레졌다.

"설마 애들 게임에 진짜로 사람을 죽이는 총알을 쓰겠니?"

아이는 주위를 둘러보며 뜸을 들였다. 수연은 침을 꼴깍 삼켰다. 그 사이 몇 명의 아이들이 의아한 표정으로 그들을 바라보며 스쳐 갔다.

"투명막을 뚫을 수 있는 총알을 가지고 있다고. 여기에."

아이는 준혁에게 속삭이듯 말하며 턱으로 입고 있던 조끼를 가리켰다. 준혁은 수연에게 눈짓을 했다. 수연은 아이의 조끼를 들춰 보았다. 안에는 오십 원짜리 동전 크기의 개구리 알처럼 생긴 동그란 알갱이들이 가득했다. 아이는 마치 알집을 달고 있는 곤충처럼 보였다.

"꼭 필요한 경우를 위해 아껴 둔 것들이야. 발을 넣는 대신 이걸로 그림자를 쏘면 돼. 투명막도 뚫을 수 있어. 총알을 한 번 장착하면 100발까지 쏠 수 있고."

아이는 자랑스럽게 말했다.

"다들 이런 게 필요할 거란 걸 대체 어떻게 안 거야?"

자기 의지와는 상관없이 어느 날 갑자기 그림자 경주에 참가하게 된 수연으로서는 이 상황이 이해 가지 않았다.

"내가 빌빌거릴까 봐 걱정한 엄마가 챙겨 주신 거지."

그 말을 듣자 수연은 갑자기 아무런 준비도 없이 경주에 참가하게 된 게 조금은 억울했다. 엄마의 얼굴이 눈앞을 스쳐 갔다. 여기서 이렇게 열심히 경주하고 있는 걸 본다면 엄마는 어떤 말을 할까 궁금해졌다.

'꼭 이겨야 한다고, 앞서 달리는 그룹에 속해야 한다고 하시겠지.'

수연의 얼굴에 씁쓸한 표정이 번졌다. 수연이 잠시 딴생각을 하는 사이, 잠자코 있던 준혁의 눈이 반짝였다.

"좋아, 조끼를 넘겨."

준혁의 말에 아이는 순순히 조끼를 벗었다. 그걸 넘겨주기 무섭게 그 아이는 도망치듯 준혁과 수연에게서 멀어졌다.

"그걸로 뭘 어쩌려고?"

조끼가 좀 작아서 한쪽 팔을 끼우느라 고생하는 준혁을 바라보며 수연이 물었다.

"복수를 해야지."

준혁은 단호했다.

"설마 아까 그 애한테 복수하려는 건 아니지?"

수연이 물었다.

"왜 그러면 안 되는데?"

준혁이 되물었다. 수연은 걱정스러운 눈으로 준혁을 바라보았다.

조끼를 다 입은 준혁에게서 방금 전까지의 지친 듯한 모습은 찾아 볼 수 없었다. 준혁은 어느 때보다 힘차게 앞으로 달려 나갔다. 수연은 그 모습을 걱정스럽게 바라보았다. 하지만 곧 수연도 자신의 그림자를 호시탐탐 노리는 아이들 때문에 더는 준혁에게 관심을 가질 수 없게 되었다.

6. 금테 안경의 반란

서로의 그림자 뺏기에 점점 열중하면서 아이들의 숫자는 조금씩 조금씩 줄어들어 갔다. 꽃이나 새순에 한눈을 파는 아이들이 그림자를 제일 먼저 뺏긴 탓인지 이제 더 이상 그런 것에 한눈을 파는 아이들은 보이지 않았다. 처음에는 영문도 모르고 남들이 달리니까 무작정 달리며 즐거워하던 아이들이었다. 그러나 이제 아이들은 서로에게 다정하게 말을 거는 법이 없었다. 다정하게 다가와 언제 자신의 그림자에 발을 집어넣을지 몰랐으니까. 경주가 점점 치열해지면서 준혁도 차츰 수연에게 말을 걸지 않게 되었다.

수연은 숨이 턱까지 차올랐다. 숨을 헐떡이면서도 혹시 뺏을 만한 그림자가 없는지 주위를 두리번거렸다. 근처에서 그림자 두 개가 엉겨 붙어 서로 빼앗으려고 발버둥 치고 있는 게 눈에 들어왔다. 그들은 옆에 수연이 지나가건 말건 신경 쓸 여유가 없어 보였다. 수연은 이때다 싶어서 속도를 줄이고 조심스럽게 그들 근처로 다가갔다. 잘하면 그림자 두 개를 한꺼번에 뺏을 수 있을 것 같았다. 수연이 슬슬 거리를 좁히려는데 찢어질 것 같은 비명 소리가 들려왔다.

"아이, 씨!"

그림자를 빼앗긴 아이가 끝내 패배를 받아들이지 못하고 욕설을 내뱉었다. 깜짝 놀란 수연은 움찔 발걸음을 멈췄다. 그러다가 그림자를 빼앗긴 아이와 잠깐 눈이 마주쳤다. 물기에 젖은 아이의 눈은 빨갛게 물들어 있었다. 수연이 무슨 생각을 할 겨를도 없이 아이는 순식간에 흔적도 없이 사라졌다.

"뭘 봐."

어렵게 그림자 하나를 더 얻은 아이가 수연을 잔뜩 경계하며 톡 쏘아붙였다. 계획이 실패하자 수연은 아쉬운 마음으로 돌아서려 했다. 그때 문득 똥머리의 왁스 냄새가 확

풍겼다. 욕을 하며 사라져 버린 아이가 있던 자리에서 나는 것 같았다. 수연은 왁스 냄새 때문에 갑자기 머리가 띵해졌다. 순간 휘청, 수연의 몸이 중심을 잃고 흔들렸다. 그러자 수연의 뒤에서 쫓아오던 아이의 눈빛이 빛났다. 뒤에서 쫓아오던 아이의 걸음이 빨라지기 시작했다. 점점 발자국 소리가 가까워지는 것을 느끼자 수연은 심장이 쿵 내려앉는 것 같았다.

'지금 다른 생각을 할 때가 아니야.'

수연은 고개를 세게 저으며 다시 온몸을 긴장시키고 달리기 시작했다.

꽃이나 새순에 마음을 쓰는 아이들이 다 없어지면서부터는 무슨 이유 때문인지 주변이 점점 생기를 잃기 시작했다. 짙은 향기로 마음을 사로잡던 수수꽃다리도 시들고, 새싹의 솜털들도 물기가 빠지면서 빳빳하게 변해 갔다. 달릴수록 점점 꽃을 보기 힘들어졌다. 해가 서쪽으로 향하고 있었다.

탕탕탕! 갑자기 폭죽 터지는 소리가 울렸다.

"앞에서 달리는 애들 사이에 무슨 일이 있나 봐."

곧 숨이 넘어가도 이상하지 않을 것 같은 표정의 삐쩍 마른 여자아이가 속도를 늦추며 말했다. 아무래도 준혁에게 무슨 일이 있는 것 같았다. 수연은 얼른 앞서 달리는 무

리에게 달려갔다. 총소리에 겁먹은 아이들이 폭죽의 작은 불꽃들처럼 사방으로 흩어지고 있었다. 준혁의 이글거리는 눈동자가 제일 먼저 수연의 눈에 들어왔다.

"지금 이게 뭐 하는 거야!"

올록볼록 튀어나온 그림자 위 투명막을 바라보며 금테 안경은 짜증 가득한 얼굴로 준혁과 맞서고 있었다.

"반칙이 아니라며."

준혁의 목소리는 차가웠다.

"어처구니가 없네. 그래도 그건 말이 안 되지. 누구는 애써서 발로 밟고 누구는 개구리 알 한 방이면 되고."

"투명막은 되고?"

둘은 서로를 노려보았다. 준혁은 금테 안경의 코앞까지 바짝 다가가 경고하듯 총을 금테 안경 눈앞에 대고 흔들었다. 그때 갑자기 금테 안경이 총을 든 준혁의 팔을 세게 내리쳤다. 준혁은 짧은 비명을 지르며 총을 놓치고 말았다. 그 순간을 놓치지 않고 금테 안경이 재빨리 총을 낚아챘다.

총과 방패를 한꺼번에 손에 넣은 금테 안경은 갑자기 번개라도 맞은 것처럼 온몸을 떨었다. 갑작스러운 행운이 실감이 나지 않는 것 같았다.

"이야아!"

금테 안경은 괴상한 소리를 지르며 총을 쏘기 시작했다.

뒤처져 따라오던 그룹의 아이들이 총소리에 겁을 먹고 달리기를 멈춘 채 주위를 두리번거렸다. 녀석은 뒤돌아서더니 뒤에서 무리 지어 달리던 아이들의 그림자를 향해 마구 총을 쏘았다.

탕! 탕! 탕! 소리를 지를 사이도 없이 한 무리의 아이들이 한꺼번에 사라져 버렸다. 녀석의 그림자는 순식간에 거의 5미터 가까이 커졌다. 겁을 먹은 아이들은 비명을 지르며 흩어졌다. 아이들은 나무 뒤에, 키 작은 꽃나무 속에, 때로는 바위 뒤에 숨기도 했다. 숨을 곳을 찾지 못한 아이들은 눈에 띄지 않도록 풀밭에 바짝 엎드렸다. 달리는 아이들로 붐비던 도로는 순식간에 텅 비었다.

"이 겁쟁이들아!"

금테 안경은 텅 빈 길 위에 총을 쏘았다. 그러고도 성에 차지 않는지 길옆 풀숲으로 들어갔다. 두려움에 온몸을 떨며 납작 엎드려 있던 아이들이 벌떡 일어나 달아나기 시작했다. 탕 탕, 총에 그림자를 뺏기지 않으려 달아나는 아이들의 비명과 총소리가 뒤섞였다. 달아나던 아이들이 사라지자 모든 것이 정지 화면처럼 멈췄다. 금테 안경 그 녀석만 제외하고. 나무 뒤에 숨은 아이들이나 바위 뒤에 숨은 아이들은 언제 녀석이 자기들을 공격할지 알 수 없었기 때문에 숨죽였다. 겉으로 아무것도 숨 쉬지 않는 것처럼 보이는 적막 한가운데 서서 녀석은 짐승처럼 가슴 깊은 곳에서 나오는 소리를 토해 냈다.

"크아아ㅡ." 그는 싸움에 이긴 사자처럼 고개를 뒤로 젖히고 두 팔을 하늘로 향해 뻗은 채 울부짖었다. 얼핏 보면 승리의 기쁨에 취한 듯 보였다. 하지만 짐승처럼 울부짖는 목소리에는 어딘가 슬픈 느낌이 배어 있었다. 금테 안경은 거의 8미터는 됨직한 긴 그림자를 끌고 아무도 없는 도로 위를 휘적휘적 걸어갔다.

금테 안경의 그림자가 멀어지는 걸 확인하자 곳곳의 나무들이 흔들렸다.

"이건 너무 불공평하잖아."

"그러게. 총과 방패 모두를 한 사람이 가지고 경기 자체를 엉망으로 만들다니, 이건 누가 봐도 너무한 거지."

하나둘 모여든 아이들이 머리를 맞대고 경기를 원래대로 돌려 놓을 방법을 고민했다. 그 중심에는 준혁이 있었다. 수연은 아득해지는 정신을 가까스로 부여잡고 바위 밑에서 몸을 일으켰다. 수연은 여전히 두려움에 떨리는 몸을 가까스로 추스리고 아이들 사이로 비집고 들어갔다.

돌멩이 하나가 거대한 그림자의 어깨를 스쳐 갔다. 돌멩이는 둔탁한 소리를 내며 땅에 떨어졌다. 텅 빈 도로를 걸어가던 검은 그림자가 멈춰 섰다. 금테 안경은 뒤돌아 돌이 날아온 방향 쪽을 노려보았다. 잠시 후, 다시 돌이 날아와 이번에는 녀석의 팔을 맞혔다.

"누구야?"

돌은 금테 안경의 왼쪽으로 날아오고 있었다. 녀석은 성가신 표정으로 돌이 날아온 방향 쪽으로 몸을 틀더니 도로를 벗어나 그쪽으로 다가갔다. 그러자 부스럭거리는 소리가 들리더니 다시 돌멩이가 날아왔다.

"짜증 나게 하네."

어딘가에 숨어서 돌멩이를 던지는 아이를 찾느라 금테 안경은 점점 도로에서 멀어지고 있었다.

그때, 금테 안경의 등 뒤 긴 그림자 쪽으로 한 무리의 그림자 떼가 소리 없이 다가오고 있었다. 그들 중 한 명이 납작 엎드린 채 깃털이 떨어지듯 아무 소리도 내지 않고 금테 안경의 그림자 쪽으로 기어 들어갔다. 수연이었다. 그 뒤에는 침을 삼키며 수연을 지켜보는 한 무리의 아이들이 있었다. 이윽고 수연이 커다란 그림자 위에 덮인 얇은 투명막을 조심스럽게 걷어 냈다. 수연의 뒤에서 기다리고 있던 몸이 날렵한 아이가 조용히 그림자의 심장 부근에 발을 디밀었다. 마치 유리에 금이 가듯 쩍 소리를 내며 크고 검은 그림자에 균열이 생겼다.

"뭐야!"

이상한 느낌을 받은 금테 안경이 뒤돌아섰을 때, 뒤에서 지켜보던 아이들이 한꺼번에 심장 쪽으로 다가가 한 발씩 집어넣었다. 녀석이 어떻게 해 볼 사이도 없이 몸이 사라지고 말았다. 그 사이, 도로에서 조금 떨어진 곳에서 누군가 땅에 떨어진 총과 투명막을 줍기 위해 뛰어들었다. 준혁이었다. 준혁은 남아 있는 총알을 투명막을 향해 쏟아붓듯 갈겼다. 투명막에는 구멍이 하나둘 늘어 갔고 총알도 함께 사라져 갔다. 준혁이 조끼에 남아 있던 마지막 총알까지 다 쏘았을 때, 투명막은 곳곳에 구멍이 뻥 뚫리고 너덜너덜해져 있었다. 준혁은 조끼는 벗어 버리고 총알이 없는 총은 멀리 던져 버렸다. 그러자 아이들이 박수를 치며 환호했다.

"자, 이제 모두 다시 게임으로 돌아가자."

준혁이 슬슬 달리기를 시작했다. 아이들은 하나둘 저마다의 속도로 다시 달리기 시작했다.

7. 점점 높아지는 얼음벽

서서히 속도를 높이던 수연은 문득 온몸에 소름이 오스스 돋는 것을 느꼈다. 너무 춥다는 생각이 들어서 주변을 살펴보았다. 팔을 비비며 돌아서는 순간, 무언가 이상한 것이 들판 너머에 어른거렸다.

"어, 저게 뭘까?"

수연은 먼저 다른 아이들이 자신의 그림자를 엿보지 않는지 살폈다. 다행히 그런 낌새는 없었다. 잠시 달리던 발길을 멈추고 찬찬히 그것을 살펴보았다. 누그러든 햇빛 속에 어른 키만 한 벽이 자라나 있는 것이 보였다. 자세히 보니 얼음으로 된 벽이었다. 누군가 쌓아 올리는 사람도 없는데 벽은 저절로 자라서 높아지고 있었다. 얼음벽 속에서 아까 수수꽃다리를 보다 사라진 아이의 얼굴이 언뜻 보이는 것 같았다. 수연은 오싹해지는 느낌이 나서 얼른 준혁에게 달려갔다.

"준혁아, 저기, 저기 좀 봐. 벽이 있어!"

수연은 겁에 질린 목소리로 말했다.

"벽? 야, 나 바빠!"

준혁은 건성으로 대답했다.

"내 말 좀 들어 봐. 저 벽이 어떻게 생기는 건지 알아?"

수연은 준혁의 관심을 끌려고 애썼다.

"우리가 달리는 사이에 누군가 세웠겠지."

이번에는 준혁이 짜증 섞인 목소리로 말했다.

"벽이 혼자서 자라고 있다니까!"

수연도 답답한지 소리쳤다. 그러자 주변에서 그 말을 들은 몇몇 아이들이 잠시 술렁였다.

"웃기는 소리 하지 마! 벽이 혼자서 어떻게 자라냐. 난 그런 헛소리에 신경 쓸 시간 없어."

준혁은 거칠게 내뱉고는 속도를 내기 시작했다.

"헛소리가 아니야. 진짜라니까."

준혁은 수연의 마지막 말에 대꾸도 하지 않고 달려가 버렸다.

얼마나 지났을까? 수연은 거친 숨을 몰아쉬며 주변을 둘러보았다. 벽은 시시각각 높아져 가고 아이들의 수는 점점 더 줄었다. 어느새 열 명 조금 넘는 아이들만 남았다. 아이들 수가 줄어들수록 남은 아이들은 신경질적으로 되어 갔다. 누가 조금이라도 가까이 오는 낌새가 있으면 날카로운 눈초리로 노려보았다.

"좀 멀리 떨어져."

점점 아이들 숫자가 줄어 가고 그림자 길이는 아이들 키의 서너 배가 넘었다. 갈수록 욕심 많고 거친 아이들만 남게 되면서 그림자 경주는 더 이상 처음처럼 쉽지 않았다. 처음에는 그림자가 작아서 몰래 발만 쓱 넣으면 어쨌거나 왼쪽 가슴에 닿는 경우가 많았다. 아이들 그림자가 점점 길어지자 그림자의 왼쪽 가슴에 정확하게 발을 넣기도 힘들었다. 당하는 쪽에서도 그림자를 빼앗기지 않으려고 안간힘을 썼다. 수연은 시간이 가면서 아이들 마음이 점점

더 차가워지고 있다고 느꼈다. 아이들 마음이 차가워지고 경쟁이 더 심해질수록 얼음벽도 높아만 갔다.

'그새 벽이 얼마나 자랐을까?'

수연은 벽을 살폈다. 벽은 10층 건물 높이만큼 높아져 있었다. 이제 아이들이 누군가의 도움을 받지 않고 그 벽을 넘어가는 것은 불가능해 보였다. 아이들이 달리는 길 주변에는 어느새 풀 한 포기 보이지 않았다. 나무들도 나뭇잎을 모두 잃고 앙상한 모습으로 서 있었다. 분명 올 때는 꽃 피는 봄이었는데 어찌 된 일인지 점점 겨울이 오고 있는 것 같았다. 해가 서편으로 기울면서 햇볕도 점점 누그러져 갔다. 수연은 빨리 경주를 끝내고 이 무시무시한 곳에서 나가고 싶었다.

'까딱하다가는 힘들여 키워 놓은 그림자를 누가 가져갈 수도 있어.'

수연은 길어진 자기 그림자를 보면 걱정이 앞섰다. 얼마 전까지만 해도 한 뼘씩 그림자를 늘려 가는 것이 그렇게 재미있었다는 사실이 믿어지지 않았다. 지금 당장이라도 달리기를 멈추고 주저앉아 쉬고 싶었다. 숨은 턱까지 차오르고 타는 듯 목이 말랐다.

'그림자를 빼앗기지 않으려다가 내가 쓰러지겠어.'

눈에서 눈물이 핑 돌았다. 수연은 입술을 꼭 깨물었다.

다리에 힘이 빠졌다. 수연은 팔다리가 후들거리는 것을 가까스로 참으며 달렸다.

그때, 휘청거리는 수연의 긴 그림자 뒤로 그림자 하나가 소리 없이 다가왔다. 파란 모자 밑으로 길고 치렁치렁한 머리카락을 늘어뜨린 아이였다. 아이는 살금살금 수연을, 아니 정확하게 말하자면 수연의 그림자를 향해 오고 있었다. 수연이 다리를 주무르려고 몸을 숙이는 순간, 파란 모자가 재빨리 양손으로 수연의 목을 눌렀다.

"켁!"

수연의 외마디 비명은 파란 모자의 손아귀에 들고 말았다. 수연의 목을 조르면서 파란 모자는 수연의 그림자에 발을 넣으려고 안간힘을 썼다. 그러나 수연도 만만치 않았다.

'어떻게 키운 그림잔데 이렇게 빼앗길 수는 없어.'

수연은 파란 모자가 그림자를 빼앗을 수 없도록 파란 모자의 정강이를 힘껏 찼다.

"아악!"

순간, 파란 모자는 찢어질 듯 비명을 질렀다. 그러나 그 상황에서도 수연의 목을 조른 손을 놓지 않았다. 파란 모자의 찢어질 듯한 비명 소리에 앞서 달리던 준혁이 뒤를 돌아보았다. 화가 난 파란 모자가 손아귀에 더욱 힘을 주었다. 수연은 목이 뒤로 꺾인 채 발버둥을 쳤다. 그 모습을 본 준혁은 잠시 망설이는 듯했다. 그러나 얼른 뒤돌아 수연을 향해 달려왔다.

"야, 그 손 빨리 놔!"

준혁은 수연을 향해 달려오면서 소리쳤다. 파란 모자는 수연의 목을 조른 채 그림자를 빼앗으려고 발을 쭉 뻗었다. 그러나 손으로 수연의 목을 조르고 있어야 했으므로 발을 멀리까지 뻗을 수가 없었다. 수연의 그림자는 파란 모자의 발끝에 닿을락 말락 했다. 그때 준혁이 다가와 파란 모자의 머리채를 홱 낚아챘다. 목이 뒤로 젖혀지면서 모자가 훌렁 벗겨졌다.

"빨리 그 손 풀어. 그림자 빼앗기 전에 사람 먼저 죽일 셈이야?"

그러나 파란 모자는 수연의 목을 쥔 손을 풀지 않았다. 수연은 점점 정신이 흐려지는 것을 느꼈다.

"그 손 치우라니까."

준혁은 화를 내며 수연의 목을 거머쥔 파란 모자의 왼쪽 손가락 네 개를 뒤로 젖혔다.

"아야!"

몹시 아팠는지 파란 모자는 비명을 지르며 손을 뗐다. 수연은 얼른 몸을 빼서 달아났다. 준혁은 안도의 숨을 내

쉬었다. 그러나 그 순간, 파란 모자는 재빨리 몸을 돌려 준혁의 그림자로 뛰어들었다.

"어어…."

준혁은 비명도 질러 보지 못하고 사라져 버렸다. 정신없이 도망치던 수연은 뒤를 돌아보았다. 준혁의 몸은 어느새 거의 다 사라지고 땀에 젖은 머리카락만 남았다.

"준혁아, 안 돼. 너만은 절대로 절대로…."

수연은 목이 메었다. 그러나 이내 그 머리카락마저 바람에 쓸려 간 듯 사라지고 말았다. 수연의 눈에서 뜨거운 눈물이 흘러내렸다. 수연은 땀에 젖은 옷자락을 당겨 눈물을 닦고 이를 악물었다. 파란 모자가 헝클어진 머리카락을 쓱 뒤로 넘기더니 땅에 떨어져 뒹구는 모자를 집어 푹 눌러썼다. 수연은 그 모습이 어딘가 익숙한 느낌이 들었다.

그새 또 몇 명이 사라졌다. 수연은 아무 생각도 할 수가 없었다. 몇 명 남지 않은 아이들은 서로 주먹을 휘두르고 발로 차고 물어뜯기까지 했다. 그럴수록 얼음벽은 더욱 빠른 속도로 높아져 갔다. 이제 나무들은 말라붙은 잎마저 다 떨구었다. 어느새 한겨울이 왔다. 아이들 그림자는 거의 자기 키의 열 배쯤 커졌다. 주변을 살펴보니 남은 아이들은 수연을 포함해 겨우 다섯 명이었다. 아이들은 어느 때보다 긴장하고 있었다. 그런 수연의 눈에 파란 모자가 반바지를 입은 뚱뚱한 남자아이의 그림자를 훔치려 하는 장면이 포착되었다. 수연은 아까의 기억이 떠올랐다. 복수하고 싶은 생각이 솟구쳤다.

'좋아. 이번에는 네가 당해 봐라. 내가 준혁이 몫까지 복수해 주마.'

수연은 주먹을 불끈 쥐었다. 그러고는 살금살금 그 아이에게 다가갔다. 파란 모자는 뚱뚱한 남자아이의 그림자 뺏기에 정신이 팔려, 수연이 다가오는 것을 눈치채지 못했다. 바짝 다가간 수연은 파란 모자의 긴 머리채를 잡아당겼다. 훌렁, 모자가 바닥으로 굴러떨어졌다. 파란 모자의 맨얼굴을 마주한 수연은 깜짝 놀랐다.

'앗, 김지혜!'

그러나 상대방은 수연을 전혀 모르는 눈치였다. 갑자기 목이 뒤로 홱 젖혀지자 파란 모자는 숨이 턱 막혔다. 수연은 얼른 그 목을 졸랐다. 자신과 준혁에게 지독하게 굴던 파란 모자의 목은 의외로 가냘팠다. 수연은 파란 모자의 목을 쥔 손에 힘을 주었다.

"놔…."

파란 모자는 고통스러운지 쉭쉭 쉿소리를 내며 발버둥 쳤다. 파란 모자의 목을 조르던 수연은 문득 하늘을 올려다보았다. 출발할 때 머리 위에서 빛나던 태양은 벌써 서편으로 넘어가고 있었다. 주변을 둘러보았다. 서로의 그림자를 빼앗으려고 애를 쓰고 있는 아이들이 보였다. 그들은 서로의 그림자를 빼앗는 데만 열중한 나머지 등 뒤가 서서히 어두워 오고 있다는 사실을 눈치채지 못하고 있었다. 수연은 파란 모자의 목을 조르던 손을 스르르 놓아 버렸다. 그러고는 높디높은 얼음벽 너머로 사라지는 노을을 보았다. 수연의 손에서 풀려난 파란 모자는 지쳤는지 길 위에 푹 꼬꾸라졌다. 파란 모자는 어둠이 내리면서 점점 희미해져 가는 자신의 그림자를 내려다보았다.

"고마워….."

파란 모자의 입에서 의외의 말이 흘러나왔다. 늘 도도하게 웃는 얼굴만 보이던 김지혜…. 저 아이는 괜찮은 줄 알았다. 그런데 그 김지혜가 아니, 파란 모자가 그림자 경주에 지쳐 허덕이고 있었다. 수연은 묘한 기분이 들었다. 수연은 아직도 서로 싸우고 있는 남은 세 명의 아이들을 바라보았다. 어느덧 노을도 사라지고 사방이 어두워지고 있었다. 서로 빼앗으려고 안간힘을 쓰는 세 아이들의 그림자는 밀려드는 어둠에 흔적도 없었다. 그제야 형광색 끈이 달린 운동화를 신은 아이가 뭔가 이상하다는 것을 느꼈는지 갑자기 멈춰 섰다.

"잠깐, 그림자가 모두 사라졌어!"

그 말에 다른 두 아이도 다툼을 멈췄다.

"그럴 리가. 어떻게 키운 그림잔데!"

그중 나이가 제일 많아 보이는 여자아이가 털썩 주저앉았다. 머리카락이 땀에 젖은 이마에 찰싹 달라붙어 있었다. 그 아이는 그림자가 있던 자리를 손으로 더듬으며 울먹였다. 그러나 아무리 더듬어도 그림자는 흔적도 없었다.

"이럴 수가⋯. 그림자 경주의 끝에는 우승자를 위한 화려한 시상식이 기다리고 있는 게 아니었어?"

다른 두 아이는 갑자기 할 말을 잃고 서로를 마주 보았다. 땀으로 뒤범벅이 된 두 아이의 눈에서는 어느새 굵은 눈물이 뚝뚝 떨어지고 있었다. 다섯 명의 아이들은 너나없이 모두 길바닥에 털썩 주저앉았다. 다들 너무나 지쳐 있었다.

"저⋯. 저기, 저기 좀 봐. 아까 내가 그림자를 뺏은 애 얼굴이 있어."

파란 모자가 겁에 질린 목소리로 얼음벽을 가리켰다. 아이들은 모두 고개를 들어 얼음벽 쪽을 살폈다. 어두워진 벽 위에 꽁꽁 얼어붙은 아이들의 얼굴이 비쳤다.

"나도 보여. 쟤들은 나한테 그림자를 빼앗긴 아이들이잖아. 쟤네가 왜 저기 있는 거야?"

뚱뚱한 남자아이가 온몸을 부르르 떨며 말했다.

"이제 우리는 어떻게 되는 거야? 여기에 갇혀 영영 못 나가는 건 아니겠지, 설마. 대체 저 높은 얼음벽을 어떻게 넘어가야 하는 거지?"

파란 모자가 아이들을 둘러보며 물었다. 하지만 겁에 질린 아이들은 아무도 입을 열지 못했다.

8. 얼음벽에 갇힌 아이들과 나비

온몸이 땀에 흠뻑 젖도록 달리느라 추운 것도 잊었던 아이들은 달릴 이유가 사라지자 갑자기 심한 추위를 느꼈다. 아이들은 몸을 웅크리고 오들오들 떨기 시작했다.

"이러다가 얼마 못 가서 다 얼어 죽고 말겠네."

뚱뚱한 남자아이가 혼자 중얼거렸다.

"서로 떨어져서 있으니까 더 추운 것 같은데. 가까이 모여 있으면 따뜻할 것 같지 않니?"

수연이 용기를 내어 말했다. 서로 눈치를 보며 추위에 떨던 아이들은 말없이 수연을 중심으로 둥글게 모였다. 팔짱을 끼고 어깨를 맞대자 한결 견딜 만해졌다.

어느 틈에 하늘에는 환한 달이 떴다. 좀 견딜 만해지자 달을 올려다보며 수연은 준혁이를 생각했다.

'준혁아, 미안해. 나 때문에….'

그러자 수연의 눈에 눈물이 고였다. 그 눈물은 수연의 뺨을 타고 흐르다가 어느 순간 뚝 바닥에 떨어졌다. 수연의 눈물이 바닥에 닿자, 어디선가 낯익은 목소리가 들렸다.

"이제 친구들이 있으니 다 같이 저 달빛이라도 좀 모아 줘."

아이들은 깜짝 놀라 주변을 두리번거렸다. 그러나 그들 외에는 아무도 없었다.

"뭐야, 귀신이야?"

아이들이 부르르 떨었다.

"아이 참, 수연아. 나야 나, 나비. 네 문제집 속에 갇혀 있는 나비. 칠판에 그린 노랑나비!"

잔뜩 움츠려 있던 수연은 놀라서 벌떡 일어났다. 목소리 는 하늘에서 울려 퍼지고 있었다.

"나를 좀 꺼내 달라고 했더니 엉뚱한 데 빠져 가지고…. 난 또 네가 나를 까맣게 잊은 줄 알았네."

아이들은 호기심 어린 눈으로 소리가 나는 쪽과 수연의 얼굴을 번갈아 쳐다보았다. 수연은 아이들에게 나비 이야 기를 해 주었다. 이야기를 들은 아이들은 문제집 속에 갇 혀 있는 나비의 처지가 자신들과 똑같다고 느껴서 도와주 고 싶어졌다. 그때 아이들 머리 위로 달빛이 어느 때보다 환하게 흘러들었다. 아이들은 하늘을 올려다보았다.

"달빛이 이렇게 아름답다니! 그동안 그림자만 좇느라 들 판을 그냥 지나쳐 왔는데 거기 피어 있던 꽃들도 저 달 빛만큼 고왔겠지."

나이가 제일 많아 보이는 여자아이가 말했다. 아이들은 조용히 고개를 끄덕였다.

"와, 너희들이 모이니 달님도 힘을 내는 것 같네. 얘들 아, 어서 나를 위해서 달빛을 좀 모아 줘."

나비가 말했다.

"야, 그런데 달빛은 어떻게 모으는 거야?"

수연이 물었다. 다른 아이들도 고개를 갸웃거렸다.

"간단해. 마음속으로 나비를 그려 봐. 달빛을 닮은 노랑 나비를."

"애개, 그게 다야?"

아이들은 약간 실망했는지 나비의 말을 그대로 받아들이지 못했다.

"어휴, 애들이 머리가 컸다고 이제는 그런 것도 안 믿네, 쯧쯧. 하긴 요즘 애들은 머리만 쓸 줄 알았지 누군가를 위해서 마음을 쓸 줄 아는 애들이 없긴 해. 흠, 그래도 이 나비만 믿고 좀 도와주라."

나비가 한숨을 푹푹 쉬더니 다시 목소리를 가다듬고 애원했다.

"그래, 그럼 해 보지 뭐."

아이들은 손에 손을 잡고 눈을 감았다. 그러고는 나비의 말을 따라 달빛을 받으며 마음속으로 나비를 그렸다.

"조금만 더."

아이들은 볼 수 없었지만, 나비는 더듬이 한쪽을 문제집 속에서 빼내고 있었다.

"조금만, 조금만 더!"

마음이 바빠진 나비가 소리쳤다. 달빛이 아이들 머리 위에서 더욱더 환해졌다. 아이들은 눈을 꼭 감고 두 손을 모아 간절하게 나비를 그렸다.

"이야홋!"

나비가 환호성을 질렀다.

"와, 우리가 해냈나 봐."

아이들은 눈을 떴다. 그러고는 기쁨에 넘쳐서 손뼉을 쳤다. 모두 참 오랜만에 웃어 보는 것 같았다.

"도와줘서 고마워. 내가 은혜를 갚을게. 너희들을 거기서 꺼내 줄 테니까 조금만 기다려."

아이들은 들떠 있었다. 모두 나비가 날아오기를 기다리며 얼음벽을 물끄러미 바라보았다. 그때 파닥, 한 마리 나비가 금빛 가루를 뿌리며 얼음벽 위로 날아올랐다. 달빛을 받으며 나비는 아스라한 얼음벽을 넘어왔다.

"무지개다!"

누군가 소리쳤다. 얼음벽이 갑자기 색색으로 변했다. 하늘까지 닿은 높은 얼음벽 위로 무지개가 환하게 모습을 드러냈다. 얼음벽에 갇혀 있던 시커먼 얼굴들이 하나둘 생기를 찾기 시작했다. 무지개를 타고 노랑나비 한 마리가 미끄러져 내려왔다.

"어서 타. 이건 무지개다리야."

아이들은 누가 먼저랄 것도 없이 얼른 무지개다리에 올라탔다. 그러자 갑자기 바람이 불었다. 수연의 몸이 공중으로 붕 떠올랐다.

9. 전학생

딱!

무언가 바닥으로 떨어지는 소리가 났다. 수연은 부스스 일어났다. 팔꿈치로 공책을 건드렸던 모양이다.

"아, 놀라라."

잠이 덜 깬 수연이 바닥을 내려다보았다. 옆에서 고개를 푹 숙이고 잠들어 있던 짝이 고개를 들었다. 수연이 얼른 일어나 공책을 주워 들었다. 그러고는 대충 먼지를 털었다.

"급식에 누가 수면제를 탔나. 왜 이렇게 졸리지?"

이름도 기억나지 않는 새 짝이 눈을 비비며 일어났다.

"그러게 말이야. 오늘 버섯볶음 나왔는데 그거 혹시 독버섯 아냐?"

앞자리에서 똥머리가 중얼거렸다. 여전히 고개를 책상에 박은 채였다.

"날씨도 왜 이래, 대낮인데 갑자기 왜 이렇게 컴컴하지? 먹구름 몰려오는 거 좀 봐. 한바탕 비바람이 몰려올 것 같다.”

수연은 김지혜의 책상을 넘겨다보았다. 김지혜는 파란 보석 머리핀을 앞머리에 꽂은 채 달콤한 낮잠에 빠져 있었다. 그때 갑자기 교실 앞문으로 담임선생님이 들어왔다.

“다들 일어나!”

담임선생님은 가지고 있던 30센티 자로 탁자를 탁탁 소리 나게 쳤다.

“오늘 당번 누구야? 아니, 오전 수업이 끝났으면 칠판을 지워야지 이게 뭐야.”

담임선생님은 칠판 지우개를 집더니 칠판을 슥슥 지우기 시작했다. 구석에 있던 나비가 지우개에 밀려 사라졌다. 아이들이 하나둘 고개를 들었다.

“아우, 선생님 춘곤증인지 식곤증인지 잠이 쏟아져요.”

낮잠에서 막 깨어난 아이들이 투덜거렸다.

“다들 다음 시간 준비해야지. 그리고 오후 수업 시작하기 전에 오늘 전학생이 있어서 소개를 좀 해야겠다.”

전학생이라는 말에 아이들이 술렁였다.

“준혁아, 이리 와서 인사해.”

담임선생님이 남자애 하나를 교탁에 세웠다. 수연은 눈을 동그랗게 떴다. 준혁과 수연의 눈이 잠시 마주쳤다. 그러나 준혁은 수연을 알아보지 못하는 것 같았다. 수연은 조금 실망했다. 잠에 취해 있던 아이들이 하나둘 정신이 드는지 자세를 고쳐 앉았다. 준혁은 또박또박 자기소개를 했다. 아이들이 환하게 웃으며 환영의 박수를 보냈다. 어딘가 교실의 분위기가 이전과는 달라 보였다.

"수연아, 너 배 안 고프니. 내가 집에서 가져온 빵 있는데 먹을래?"

새로운 짝이 가방에서 부스럭부스럭 무언가를 꺼내더니 수연에게 건넸다. 빵을 건네는 그 애의 손에서 얼핏 수수꽃다리 향기가 나는 것 같았다. 빵을 한 입 막 물어뜯으려던 수연은 갑자기 그림자 경주의 기억이 머리를 스치면서 목이 턱 막혔다.

"빵 고마워. 그런데 목이 말라서⋯."

수연은 얼른 자리에서 일어나 물을 마시러 교실 뒤편으로 갔다. 물을 컵에 따르고 창밖을 바라보았다. 먹구름이 낮게 드리운 밖은 마치 밤처럼 어두웠다.

수연은 창가로 다가갔다. 멀리 밤 같은 어둠 속에 무언가 환하게 빛을 내고 있는 것이 보였다. 한 무더기의 봄꽃들이었다.

'저 중에 수수꽃다리도 있을까?'

수연은 수수꽃다리 향기를 상상하며 숨을 깊이 들이쉬었다. 그러자 창밖에서 갑자기 돌풍이 불었다. 마치 눈이

라도 오는 것처럼 갖가지 색깔의 꽃잎들이 공중에 흩어지
더니 이내 땅으로 사뿐사뿐 내려앉았다. 바람에 휩쓸린 꽃
잎들이 수연이 서 있는 창을 스쳐 갔다. 그중에서 노란 꽃
잎 한 쌍이 창에 잠시 매달렸다. 그 한 쌍의 꽃잎이 손짓이
라도 하듯 파르르 떨렸다. 좀 더 가까이서 보려고 수연이
얼굴을 창으로 가져가자 다시 바람이 불어왔다. 그 꽃잎은
바람에 쓸려 땅으로 고꾸라지는가 싶더니 이내 우아한 날
갯짓을 하며 바람을 탔다.

'아, 노랑나비….'

수연은 창 앞에 우두커니 서서 오래도록 꽃잎들의 비행
을 바라보았다.

바다로 간 허수아비

"눈에 보이는 게 전부는 아니야. 우리의 가슴속에는 꿈이 자라나고 있어. 우리는 그 꿈들을 따라가야 하는 거야."
늙은 연어가 먼 곳을 바라보며 말했습니다.

아침 햇살이 눈부시게 빛났습니다. 햇살은 논 구석에 혼자 처박혀 있는 허수아비에게 떨어졌습니다. 허수아비 어깨에는 뽀얗게 먼지가 앉아 있었습니다. 누더기를 걸친 허수아비는 가슴이 타는 듯했습니다. 노랑나비 한 마리가 하느작하느작 얇은 날개를 저으며 허수아비 눈앞을 스쳐갔습니다. 지난밤 바람에 쏠린 자리가 아려 왔습니다. 노랑나비는 무심히 허수아비를 지나쳤습니다. 나비는 저만치서 잡초를 뽑고 있는 농부 아저씨의 커다란 밀짚모자에 앉았습니다.

"어이, 이씨!"

멀리서 누군가 아저씨를 불렀습니다.

"저기 구석에 박혀 있는 허수아비, 혹시 필요하지 않으면 내가 좀 가져가도 될까?"

유난히 검게 그을린 아저씨 한 분이 물었습니다. 그는 구석에 박혀 있는 허수아비를 힐끗 바라보았습니다.

"아, 김씨. 이른 아침부터 무슨 일인가 했네. 허수아비라면 자네 마음대로 하게. 그런데 좀 유별난 데가 있는 허수아비야."

모자를 고쳐 쓰며 농부 아저씨가 혀를 찼습니다.

"왜? 평범해 보이는데."

김씨 아저씨는 고개를 갸웃거리며 물었습니다.

"그게…, 지난번 태풍 때 밤새도록 우는 소리를 내지 뭔가?"

"우는 소리, 허수아비가?"

"응, 잠결에 우리 집 개가 요란하게 짖어서 무슨 일인가 싶어서 일어났지. 마당에 나와 보니 어디선가 서럽게 우는 소리가 들리는 거야. 놀라서 밭으로 나가 보니 그게 글쎄, 밭 가운데 세워 둔 허수아비가 울고 있는 게 아니겠나?"

"에이, 설마. 진짜로 눈물이라도 뚝뚝 흘리고 있던가?"

"그건 아니고…. 지난 태풍 때 바람이 유난히 심했잖아."

"응, 그랬지. 그런데 지금 그보다 더 센 태풍이 올라오고 있다는군."

"그래. 그거 큰일이네. 하여간 허수아비 가슴 부위에 큰 옹이가 하나 있었는데 그게 어느 날 빠졌나 봐. 옹이 빠진 허수아비 가슴 속으로 바람이 부니까 그게 꼭 우는 소리처럼 들리는 거야. 소리가 하도 서럽게 들려서 기분이 좀 그렇더라고. 그래서 그냥 뽑아 버렸네. 필요하면 가져가게."

"어, 그래? 그럼 내가 좀 가져다 쓰겠네. 바쁜데 방해해

서 미안하이.”

김씨 아저씨는 성큼성큼 다가와 아무렇게나 버려져 있던 허수아비를 집어 들었습니다.

“아니, 이게 뭐야?”

허수아비는 당황했습니다. 김씨 아저씨가 자신을 바다 한가운데 꽂아 버렸기 때문입니다. 발밑에서 몇몇 물고기들이 신기한지 자꾸 툭툭 치고 지나갔습니다.

“이 신기한 녀석은 다 뭐야?”

얼마 지나지 않아 물고기들이 우르르 허수아비 주변으

로 몰려들었습니다. 호기심이 강한 녀석들은 물 위로 펄쩍 뛰어올라 허수아비의 얼굴을 보고 갔습니다. 곧 허수아비 주변은 물고기들로 시끌벅적해졌습니다.

그때, 어디선가 커다란 새 한 마리가 나타났습니다. 물고기들은 비명을 지르며 지느러미가 빠지도록 물속 깊은 곳으로 헤엄쳐 들어갔습니다. 허수아비 주변은 더 깊은 곳으로 숨으려는 물고기들이 서로 밀치면서 아수라장이 되었습니다. 그런데 큰 새는 허수아비와 눈을 마주치고는 흠칫 놀라더니 얼른 내빼는 것이 아니겠습니까. 물속 깊이 숨어 숨을 죽이고 있던 물고기들은 하늘을 올려다보고는 이내 환호성을 지르며 물 위로 튀어 올랐습니다.

"이야, 정말 멋지다. 게으르고 비겁한 새 같으니라고! 양식장에 갇혀 사는 우리를 잡아먹더니, 흥. 항상 우리를 먹잇감으로 노리는 녀석이 달아나는 꼴 좀 봐!"

물고기들은 너무나 신이 났습니다. 허수아비도 물고기들을 새들로부터 지켜줄 수 있어서 기뻤습니다.

바닷바람이 불었습니다. 밀물과 썰물이 들고 나는 것이 보였습니다. 가슴까지 차오르던 물이 허리춤에서 찰랑거리는 것을 보는 것은 허수아비에게는 신기한 경험이었습니다. 더욱 신기한 것은 바닷바람이었습니다. 물기를 머금은 바람은 허수아비의 텅 빈 가슴을 훅훅 훑고 지나갔습니다. 어깨 위에 얼룩덜룩 엉겨 있던 먼지들이 바닷바람에 조금씩 씻겨 나갔습니다. 아무것도 들어 있지 않은 가슴속 까지 바닷바람이 밀고 들어간 날부터 허수아비는 조금씩 바뀌는 자신을 발견했습니다.

새들은 멀리서 물고기들을 바라보다가 사라졌습니다. 허수아비가 온 후 물고기들은 더 이상 비명을 지르며 깊은 물속으로 숨을 필요가 없어졌습니다. 처음에는 허수아비를 신기해하던 물고기들도 무서운 새들로부터 자신들을 지켜 주는 그를 좋아하게 되었습니다.

"휴우!"

허수아비가 너무 크게 한숨을 쉬었는지 허수아비 발치에서 단잠을 자던 물고기 한 마리가 깜짝 놀라 잠에서 깨었습니다.

"깜짝이야. 허수아비야, 무슨 고민이 있니?"

"잘 모르겠어. 바다에 온 이후로 가슴이 확 트인 것까지는 좋은데, 가슴속이 텅 빈 것 같아. 예전에는 아무 생각이 없었는데 어느 날부터 내 가슴에 무언가 있어야 할 것이 없다는 느낌이 들기 시작했어."

허수아비는 힘이 쭉 빠져서 말했습니다.

"그래? 그런 문제라면 아마 고래가 잘 알 거야."

"고래?"

허수아비가 반가운 기색을 띠며 물었습니다.

"응. 먼바다에 사는 배만큼 큰 물고기인데 모르는 것이 없다고 들었어."

"진짜? 나는 움직일 수 없으니 너희들이 고래에게 가서 좀 물어 봐 줄래?"

"그런데 그게…. 고래는 워낙 큰 물고기라서 아주아주 먼 바다에 살아. 우리는 저 울타리 밖을 나갈 수가 없어."

물고기는 턱으로 그물이 쳐진 가두리 양식장 가장자리를 가리키며 조금은 미안한 듯 대답했습니다.

허수아비의 한숨 소리는 나날이 커져 갔습니다. 때로는 한숨 소리가 너무 커서 작은 파문을 만들기도 했습니다. 물고기들은 덩달아 우울해졌습니다. 만약 허수아비가 크게 아파서 쓰러지기라도 하는 날이면 언제 새들이 들이닥쳐 잡아갈지 모르는 일이었으니까요.

하늘이 점점 어두워졌습니다. 멀리서 시커먼 구름이 모여들었습니다. 어둠이 바다까지 내려앉았습니다. 물밑에서 서서히 소용돌이가 일었습니다. 오늘도 어김없이 바람이 허수아비의 어깨를 툭 치고 지나갔습니다. 그런데 오늘따라 너무 세게 치고 지나가서 아팠습니다.

"아얏!"

허수아비가 달아나는 바람의 꽁무니를 째려보니 이런, 허수아비 어깨에 묻은 먼지를 걷어 내던 그 바람이 아니었습니다. 험상궂은 얼굴로 씩 웃으며 뒤돌아보는 바람의 얼굴에 섬뜩한 느낌이 들었습니다. 발밑이 술렁거렸습니다. 물고기들은 무언가 불안한지 안절부절못하는 모습이었습니다.

어둠이 허수아비가 서 있는 바다의 물밑까지 이르렀습니다. 물고기들은 덮쳐 오는 어두운 그림자에 겁을 잔뜩 집어먹고 움츠러들었습니다. 팔랑팔랑 다정하게 물장구치

며 허리를 감싸 주던 파도는 어디론가 사라지고 없었습니다. 무거운 기운이 허수아비의 어깨를 짓눌렀습니다. 물고기들의 수군대는 소리가 들려왔습니다.

"모두 절대 흩어지지 마. 지느러미를 가지런히 모으고 머리를 깊이 땅속에 박고 밖에서 어떤 소리가 나더라도 고개를 들면 안 돼."

수염이 하얀 물고기 하나가 어린 물고기들을 걱정스러운 눈으로 바라보며 말했습니다. 모두 입을 다물고 고개를 끄덕였습니다.

밤처럼 짙은 어둠이 바다를 뒤덮었습니다. 멀리서 우르르 쿵쿵 하는 소리가 들려왔습니다. 물고기들은 벌써 깊은 물속으로 들어가 머리를 땅에 깊이 박고 귀를 막았습니다. 어둠 저편에서 무언가 다가오고 있는 것이 분명했습니다. 소리는 점점 가까워졌습니다. 소리와 더불어 바람도 점점 사나워졌습니다. 허수아비의 얇은 옷은 바람에 찢길 듯 펄럭였습니다. 쭉 벌리고 선 두 팔을 세찬 바람이 할퀴고 갔습니다. 딸랑딸랑 허수아비 목에 걸린 방울이 요란한 소리로 울어 댔습니다. 곧이어 귀를 찢는 듯한 무서운 소리가 허수아비와 물고기들을 덮쳤습니다. 집채보다 더 큰 파도였습니다.

허수아비는 눈을 떴습니다. 햇살이 너무 눈부셨습니다.

주변이 어쩐지 낯설었습니다. 몸이 붕 뜬 듯했습니다. 허리춤에서 찰랑대던 파도가 어깨에서 발바닥에서 머리에서도 찰랑거리는 것 같았습니다. 그때, 무언가 물 위로 펄쩍 뛰어올랐습니다. 눈에 익은 녀석이었습니다.

"얘들아, 허수아비가 눈을 떴어!"

이어 사방에서 말소리가 들렸습니다.

"정말, 정말 다행이다. 허수아비 네가 영영 깨어나지 못하면 어쩌나 얼마나 걱정했는데."

조금 정신이 든 허수아비는 주변을 둘러보았습니다. 낯익은 물고기들이 주변을 빙 둘러싸고 있었습니다.

"그런데 어떻게 된 거지?"

허수아비는 궁금해서 물었습니다.

"음, 폭풍이 왔던 거 기억나지? 큰 파도가 양식장을 덮쳤어. 너도 아마 그때 정신을 잃었나 봐. 우리는 그때 머리를 땅에 깊이 박고 움직이지 않으려고 했어. 그런데 그 파도가 너무나 커서 우리를 통째로 양식장 울타리 밖으로 팽개쳤지 뭐야. 정신을 차려 보니 벌써 양식장에서 멀리 떨어져 있었고 정신을 잃은 친구들이 여기저기 흩어져 있었어. 너도 정신을 잃고 바닥으로 가라앉으려 하고 있었어. 우리가 힘을 모아 너를 밑에서 밀어 올렸지."

그제야 허수아비는 자신이 물 위에 반듯하게 누워 있다

는 사실을 깨달았습니다.

"다른 애들은 금방 정신을 차렸는데 너는 지난 삼 일 동안 정신을 차리지 못해서 걱정이 많았어. 자, 이제 정신이 들었으니까 천천히 수영을 해 봐. 그동안 우리가 번갈아 가면서 너를 밑에서 받치고 헤엄치느라 힘들었거든."

제일 몸집이 큰 녀석이 말했습니다. 허수아비는 고맙다는 뜻으로 고개를 크게 한 번 끄덕이고 몸을 이리저리 움직여 보았습니다. 막대기로 된 몸이 뻣뻣했지만 물에 떠 있기에 큰 불편은 없었습니다.

"늘 서 있다가 누워 있으니까 기분이 색다른데. 헤헤."

허수아비가 기쁜 듯이 말했습니다.

"그런데 여기는 어디야?"

허수아비는 사방을 둘러보며 물었습니다. 보이는 것이라고는 온통 바다뿐이었습니다. 멀리 보이던 모래사장도 작은 집들도 논도 보이지 않았습니다.

"음, 여기는 아주 먼 바다야. 태평양이라는 세상에서 제일 큰 바다 한가운데지. 거친 파도가 우리가 살던 양식장에서 우리를 멀리 떠밀고 왔어."

말이 채 끝나기도 전에 갑자기 한 줄기 물이 분수처럼 바다 한가운데에 뿜어져 나왔습니다.

"아 참, 깜짝 놀랄 만한 선물을 준비했어."

몸집이 큰 물고기가 눈을 찡긋해 보였습니다. 그러자 갑자기 바다 중간에 거대한 섬 하나가 생겼습니다.

"기억나? 너 고래를 꼭 만나 보고 싶어 했잖아. 그래서 우리가 지나가는 물고기들한테 수소문해서 고래에게 너를 좀 봐 달라고 부탁했어."

허수아비는 그제야 그 커다란 섬이 고래라는 것을 깨달았습니다.

허수아비 말을 가만가만 듣고 있던 고래는 고개를 갸우뚱했습니다.

"가슴이 텅 빈 느낌이라고? 뭔가 빠져 있는 느낌이라고? 어디 옷을 좀 올려 봐."

주변에 있던 물고기들이 너도나도 달려들어 물에 젖은 허수아비의 옷을 위로 올렸습니다. 뼈대만 앙상한 몸매를 들킨 허수아비는 부끄러웠습니다. 고래는 수염을 하나 허수아비 배에 대고 이리저리 진찰을 했습니다.

"심장 뛰는 소리가 전혀 들리지 않네."

고래는 커다란 이마를 찌푸리며 말했습니다.

"그게 뭔데?"

허수아비는 쑥스러워하며 되물었습니다.

"쯧쯧…. 옹이가 박혀 있던 시절에는 그냥 물건에 불과한 허수아비였던 거야. 옹이가 빠져서 가슴이 빈 거야.

그래서 뭔가 부족하다는 걸 느끼게 된 거지. 그 가슴을
채울 방법을 찾아야 해. 따뜻한 심장이 필요한 것 같구
나."

고래는 딱하다는 듯 허수아비를 쳐다보았습니다.

"그럼 어떻게 하면 심장을 가질 수 있을까? 나도 따뜻한
심장을 가져 보고 싶어."

고래는 약간 망설였습니다.

"그건 나도 잘 몰라. 아마 용궁에 사시는 용왕님은 아시
지 않을까 싶은데…. 용궁에 가려면 모두 내 뱃속으로
들어가야 해."

고래가 입을 벌렸습니다. 허수아비와 물고기들은 숭 고
래 뱃속으로 빨려 들어갔습니다.

고래는 깊은 바닷속으로 헤엄쳐 들어갔습니다. 바다 위
는 밝고 환했지만 아래로 내려갈수록 점점 더 어두워졌습
니다. 바쁘게 깊은 바닷속으로 사라지는 고래를 위해서 지
나가던 초록 물고기 떼가 길을 비켜 주었습니다. 고래는
앞이 보이지 않을 정도로 어두운 바닷속을 계속해서 나아
갔습니다. 어느덧 밖에서 더 이상 초록 물고기 떼들이 물
장구치는 소리가 들리지 않게 되었습니다.

"아직도 멀었어?"

기다림에 지친 허수아비가 고래에게 물었습니다.

"한참 더 가야 해. 조금만 더 참아."

고래가 대답했습니다. 그러고 나서 계속 바닷속으로 헤엄쳐 들어갔습니다. 허수아비는 너무 심심해서 고래 뱃속에 있다는 사실도 잊고 그만 잠이 들었습니다. 한참을 자고 있는데 고래 목소리가 들렸습니다.

"야, 저기 용궁이 보인다. 어서 일어나서 밖으로 나갈 준비를 하라고."

허수아비는 눈을 비볐습니다. 허수아비는 물고기들에게 들은 동화책에 나온다는 용궁의 모습을 상상해 보았습

니다. 모든 것이 금빛으로 찬란하게 빛나고 온갖 아름다운 물고기들이 춤추고 노래하는 화려한 궁전의 모습이 머리를 스치고 갔습니다. 고래가 무언가에 부딪혔는지 심하게 흔들렸습니다. 이어서 고래가 숨을 고르는 소리가 들렸습니다.

"이제 도착했어. 어서 나와."

고래가 입을 벌렸습니다.

허수아비는 화려하고 아름다운 용궁의 모습을 상상하면서 기대에 가득 차서 얼른 고래 입 밖으로 뛰어 나갔습니다.

허수아비와 물고기들은 놀라서 입을 다물지 못했습니다. 용궁이 상상했던 것과 너무나 다른 모습이었기 때문이었습니다. 동화 속에서 화려하다고 말했던 대문도 건물도 모두 낡고 더러워져 있었습니다. 덩치만 커다란 건물 곳곳은 허물어져 있었고, 보석은 모두 떨어져 나가고 금칠은 여기저기 벗겨져 보기 흉했습니다. 게다가 아무도 살지 않는지 아무런 소리도 들리지 않았습니다. 물고기들이 그토록 칭찬하던 아름다운 열대어 무리는 어디에도 없었습니다. 물고기 한 마리가 한숨을 쉬며 말했습니다.

"모두 어딘가로 떠나서 낡고 허물어진 것 같은데, 여기에 아직도 용왕님께서 살고 계실까?"

고래는 겸연쩍은 얼굴이 되었습니다.

"용왕님은 이곳을 떠나지 않으셨어…."

고래는 말끝을 흐렸습니다.

"그걸 어떻게 알지?"

허수아비가 물었습니다.

"그건, 아직 용궁이 여기 있는 것으로 알 수 있어. 용왕님께서 돌아가시거나 이곳을 떠나시면 용궁도 같이 사라지거든."

고래가 말했습니다.

그들은 허물어진 용궁을 이리저리 다니면서 용왕님을 찾았습니다. 그러나 어디에도 용왕님의 모습은 보이지 않았습니다.

"용왕님!"

모두 소리 높여 용왕님을 부르고 다녔습니다. 한참을 그렇게 부르다 보니 어느새 용궁 끝에 다다랐습니다. 허수아비는 다리가 아파 왔습니다. 고래는 미안해하는 눈치였습니다.

"도대체 어디에 계시는 거야?"

물고기 한 마리가 짜증 섞인 목소리로 투덜거렸습니다.

"그래도 한 번만 더 불러 보자."

허수아비는 기운을 내며 말했습니다.

"용왕님!"

모두 기운을 내어 아주아주 큰 목소리로 용왕님을 불렀습니다. 그러자 용궁 끝 허름한 문이 삐걱거리며 열렸습니다. 병든 것처럼 힘이 없어 보이는 작은 멸치만 한 물고기 한 마리가 부스스한 얼굴로 나타났습니다.

"무슨 일이요?"

멸치만 한 물고기가 물었습니다.

"우리는 용왕님을 찾고 있어요."

고래가 말했습니다.

"내가 용왕이오."

물고기들은 서로를 마주 보며 키득키득 웃었습니다.

"장난하지 마세요. 우리는 지금 허수아비의 병을 고치기 위해서 여기에 왔답니다. 용왕님은 바다에 대해서 무엇이든 아시니까 분명 우리를 도와주실 것이라고 믿어요."

고래가 설명했습니다. 그 말을 듣자 자신을 용왕님이라고 한 멸치만 한 물고기가 말했습니다.

"너희들도 알다시피 옛날에는 많은 어린이들이 동화책을 읽고 꿈을 품고 모험을 즐겼었지. 이제 세상이 변해서 모두 꿈을 잃어버리고 눈에 보이는 것만을 따라다니게 되었지. 그러니 더 이상 용궁을 궁금해하는 이들도 없고 아예 용궁이 있다고 믿지 않으니 용궁 안의 모든 것들이 빛과 아름다움을 잃어버렸단다. 용궁이 있다는 것도 믿지 않는데 누가 용왕이 있다는 것을 믿어 주겠니? 그러니 자연스럽게 나는 점점 작아지고 볼품없는 물고기로 변하고 말았지. 그나마 요 며칠 동안 누군가 용왕을 생각해 주니 이 정도라도 몸집이 커진 것이란다. 며칠 전까지만 해도 나는 점보다 작았단다. 아마 언젠가는 아주 작아져서 이 용궁과 함께 영원히 사라지겠지.”

이 말을 듣고 물고기들은 멸치처럼 보이는 물고기가 그들이 찾아 헤맨 용왕님이란 것을 믿게 되었습니다. 허수아비는 용왕님 앞으로 가 옷을 들어 올려 가슴을 보였습니다.

“저는 가슴에 구멍이 생긴 허수아비예요. 저도 따뜻한 심장을 가지고 싶어요.”

용왕님은 안경을 꺼내 허수아비의 가슴을 자세히 살폈습니다.

“음, 섬을 찾아가야 해. 꿈을 잃은 자들의 꿈을 찾아 주는 산호섬이 있지. 가슴을 꿈으로 가득 채우면 거기에서 심장이 싹틀 거야. 보름달이 뜨는 밤에 거기 가서 달을 마셔.”

용왕님이 말했습니다.

“그럼 저도 나을 수 있는 건가요?”

허수아비가 물었습니다.

"그럼, 물론이지. 네가 달을 마시고 그 달을 가슴에 품고 잃어버렸던 꿈을 찾는다면 말이지."

용왕님은 다정한 미소를 지으며 말했습니다.

"그런데 용왕님은 그 섬이 어디에 있는지 아시나요?"

허수아비는 눈을 반짝이며 물었습니다.

"그 섬은 움직인단다. 항상 같은 곳에 있는 섬이 아니지."

용왕님이 대답했습니다.

"네?"

허수아비와 고래, 물고기들은 모두 놀라서 물었습니다.

"그러나 걱정하지 않아도 된단다."

용왕님은 미소를 지으며 대답했습니다.

"그 섬은 연어들이 먼바다에 나갔다가 다시 태어난 곳으로 돌아가기 위해 육지 쪽으로 방향을 트는 곳에 있단다. 그 장소는 해마다 변하지만 그 섬은 연어들이 돌아가야겠다고 생각하고 있을 때면 항상 나타난단다."

허수아비 일행은 모두 이해하기 어렵다는 표정을 지었지만 얼굴은 희망에 가득 차 있었습니다.

허수아비 일행은 서둘러 떠나기로 했습니다. 연어 떼가 멀리 가기 전에 따라가야 했기 때문입니다. 용왕님은 허수아비 일행이 떠나는 것을 바라보며 손을 흔들었습니다. 그러나 너무 몸집이 작아서 잘 보이지 않았습니다. 허수아비는 허물어져 가는 용궁에 안녕을 고하고 다시 고래 입속으로 들어갔습니다.

"우선 연어들에게 신호를 보내는 게 좋겠어."

고래는 그렇게 말하고는 휘파람을 불었습니다. 휘파람 소리는 마치 피리 소리 같았습니다. 그 소리는 작은 물결을 일으키면서 멀리멀리 떠났습니다.

"빨리 가자. 연어 떼가 우리를 기다려."

고래는 힘차게 꼬리를 치며 물 위로 올라갔습니다.

연어 떼는 허수아비 일행을 기다리고 있었습니다. 연어 떼는 가끔 덩치가 큰 고래의 등 위에 올라가 장난을 치기도 하면서 산호섬을 찾아다녔습니다.

"이제 곧 보일 거야. 산호섬은 우리 모두가 간절하게 원하면 어느 날 밤 갑자기 나타났다가 사라져."

나이가 많아 보이는 연어가 고래에게 말했습니다. 연어들은 가다가 가끔 방향을 바꾸었습니다. 그들은 눈에 보이지 않는 무엇을 보고 있는 것 같았습니다.

"눈에 보이는 게 전부는 아니야. 우리 가슴속에는 꿈이 자라나고 있어. 우리는 그 꿈을 따라가야 하는 거야."

늙은 연어가 먼 곳을 바라보며 말했습니다.

연어들과 여행을 시작한 지 보름이 지났습니다. 긴 여행 때문에 모두 지쳤습니다. 허수아비는 고래 뱃속에서 잠들어 있었습니다. 연어들도 지쳐서 모두 잠들었습니다. 모두 잠든 머리 위로 보름달이 떠올랐습니다. 보름달은 점점 바다 가까이 다가왔습니다. 고래는 꿈속에서 무슨 소리를 들었습니다.

지느러미로 귀를 막으려다가 옆에서 자고 있던 연어를 치고 말았습니다.

"아야!"

연어는 몹시 아팠는지 비명을 질렀습니다. 그 소리에 놀라 고래는 잠에서 깨어났습니다. 그러다가 그만 고래마저

비명을 지르고 말았습니다.

"앗!"

갑작스러운 고래의 비명에 잠들어 있던 허수아비가 깨어났습니다.

"무슨 일이야?"

허수아비는 잠이 덜 깬 목소리로 물었습니다.

"저기. 저기 섬이 있어, 섬!"

이 소리에 주변에 잠들어 있던 연어들도 모두 잠에서 깨어났습니다.

연어들은 산호섬이 사라지기 전에 그 섬을 돌아서 태어난 곳으로 다시 돌아가는 여행을 시작해야 했습니다. 연어

들은 서둘러 허수아비 일행에게 안녕을 고했습니다. 허수아비도 서둘러야 했습니다. 달이 바로 머리 위에 와 있었기 때문입니다.

고래는 산호섬 가에 다다라 입을 열었습니다. 허수아비는 오랜만에 밟아 보는 땅이 실감 나지 않았습니다. 섬은 생각보다 크지 않았습니다. 사람 세 명이 누우면 꽉 찰 정도의 아주 작은 섬이었습니다. 그렇지만 산호로 이루어진 섬은 하얗고 아름다웠습니다. 허수아비는 섬의 중앙으로 향했습니다. 섬의 중앙에는 작은 연못이 있었습니다. 허수아비가 조심스럽게 연못에 다가갔습니다. 곧이어 기쁨에 넘친 목소리가 들렸습니다.

"연못 속에 달이 있어!"

그 소리를 듣고 물고기들이 섬 주변으로 달려왔습니다. 고래도 물속에서 고개를 쑥 내밀었습니다. 허수아비는 연못 속을 들여다보았습니다. 쟁반만 한 연못에는 하늘에 있는 달과 똑같은 크기의 달이 떠 있었습니다. 모두 너무 기뻐서 눈물을 흘렸습니다. 허수아비는 손 하나 가득 달을 퍼 담았습니다. 신기하게도 달은 허수아비의 손 위에도 떴습니다. 허수아비는 조심스럽게 달을 입으로 가져갔습니다. 시원한 달이 목을 타고 내려가 가슴에 걸렸습니다. 허수아비는 자기 가슴을 보았습니다. 텅 비었던 곳이 점점 차오르는 느낌이 들었습니다. 조금 지나자 아름다운 달빛이 허수아비 가슴에서 은은한 빛을 내뿜었습니다. 허수아비는 너무 좋아서 커다란 고래를 와락 껴안았습니다. 고래도 미끄러운 지느러미로 허수아비를 안아 주었습니다.

"아, 이제 가슴이 뛰는 게 느껴져. 용왕님과 너희들 덕분이야."

허수아비는 들뜬 목소리로 말했습니다. 모두 행복해서 웃었습니다. 행복한 웃음소리가 메아리가 되어 달빛을 타고 사방으로 퍼져 갔습니다.

한편, 낡은 용궁 구석에서 잠들었던 용왕님은 갑자기 눈이 부셔서 잠에서 깼습니다. 그리고 자신의 몸이 아주 커져 있는 것을 보았습니다. 놀라서 밖으로 나가 보았습니다. 허물어져 가던 벽에서 반짝반짝 빛이 나기 시작했습니다. 멀리서 누군가 피리 소리 같은 소리를 냈습니다. 예전에 어디론가 떠났던 아름다운 열대어들이 몰려오고 있는 것이 보였습니다.

"이제 허수아비도 따뜻한 심장을 얻은 게로군."

용왕님은 크게 미소를 지었습니다. 달빛이 용궁에도 살며시 내려왔습니다.

구름이 떨어졌어요

"으악!"

나는 비명을 질렀어. 세상에! 회색의 거대하고 푹신푹신한 무언가가 턱
하니 창문에 걸려 있는 거야.

우르르 쾅쾅!

꾸벅꾸벅 졸고 있던 나는 폭탄이 터지는 소리에 깜짝 놀라서 뜨거운 기름에 닿은 개구리처럼 튀어 올랐어.

"엄마야!"

내가 벌렁거리는 심장을 진정시킬 사이도 없이 건물이 흔들리는 거야. 책꽂이에 가지런하게 놓인 책들이 우르르 쏟아져 내렸어.

"모두 책상 밑으로 들어가세요!"

선생님의 다급한 목소리에 나는 얼른 책상 밑으로 들어갔어. 쪼그리고 앉아 부들부들 떨고 있는데 밖이 조용한 거야. 하지만 밖으로 나갈 용기가 도무지 나지 않았어.

앵앵앵앵애.

그런데 이건 또 뭐야? 나는 밖이 궁금해서 미칠 것 같았어. 슬그머니 고개를 드는데 1분단 맨 끝에 있는 어떤 녀석과 눈이 딱 마주쳤어. 호기심 대장 진호가 눈을 반짝이며 막 일어나고 있더라고. 녀석을 이길 절호의 찬스였지. 4분단 창가 쪽 자리에 앉은 게 그렇게 고마울 수가! 나는 벌떡 일어나 커튼을 확 열어젖혔지.

"으악!"

나는 비명을 질렀어. 세상에! 회색의 거대하고 푹신푹신한 무언가가 떡하니 창문에 걸려 있는 거야.

"이게 뭐지?"

"몰라, 나도 처음 보는 건데."

아이들은 호기심에 창문을 열고 손을 뻗었어. 나도 따라서 손을 뻗기는 했는데 낯선 물체를 만지는 게 사실 겁나더라. 손가락에 닿을락 말락 할 때 솔직히 떨렸어. 혹시 손이 녹으면 어쩌나 하고 말이야. 그런데 보송보송한 게 만져지는 거야.

"여러분, 이게 뭔지 모르니까 함부로 만지지 마세요."

선생님은 당황한 얼굴로 얼른 교무실로 달려갔지. 하지만 그 정도 경고로 창가에 걸린 신기한 물질에 손을 뗄 우리가 아니잖아.

"봐, 손이 시커멓게 됐어."

내가 혜지에게 손바닥을 보여 주었어.

"싫어, 저리 치워!"

토끼 귀 모양 머리띠를 한 혜지가 내 손바닥에 잔뜩 묻은 검은 먼지를 보더니 뒷걸음을 치더라.

"뭔가 이상한 냄새 안 나니?"

개 코, 지원이가 얼굴을 찌푸렸지. 나는 콧구멍을 벌름거리며 냄새를 맡았어. 무슨 냄새가 나는 것 같기는 했어.

삐요—삐요—.

소방차랑 구급차가 요란한 소리를 내며 줄지어 학교 안으로 들어왔어. 교무실에 간다던 선생님은 아무 소식도 없고.

"우리 옥상에 올라가서 보자."

호기심 대장이 재빨리 교실 밖으로 나갔어.

"안 돼. 움직이면."

누가 토끼 아니랄까 봐 혜지가 우리를 말렸어. 그러거나 말거나 나, 개 코, 호기심 대장은 우르르 옥상으로 올라갔지.

옥상 난간에서 아래를 내려다본 우리는 놀란 목소리로 합창을 했어.

"이야, 구름이다!"

회색 구름 한 채가 떡하니 학교를 덮고 있지 뭐야. 우리 교실이 100층 꼭대기 아니냐고? 천만에. 3층이야.

"대체 무슨 일이지? 구름은 원래 하늘에 떠 있어야 하는 거 아냐?"

정말 어처구니가 없더라.

"이야호!"

아래에서 한 무리의 아이들이 창문을 열고 구름 위로 뛰어내렸어.

"이야, 재미있겠다!"

호기심 대장이 우리가 말릴 틈도 없이 뛰어내리고 말았어. 쿵, 소리가 나는가 싶더니 까르르 웃는 소리가 들리는 거야. 구름 위에 떨어진 아이들이 새까만 얼굴로 깔깔대고 웃고 있었어. 아, 아까워! 호기심 대장의 코를 납작하게 해 줄 수 있는 기회였는데…. 늘 그 녀석이 선수를 친다니까. 하지만 솔직하게 고백하자면 이번에는 쉽사리 용기가 나지 않았어.

"거기, 학생들 어서 나오세요."

소방관 아저씨들이 마이크에 대고 소리쳤어. 깔깔 웃으며 구름 위를 팡팡 뛰어다니던 아이들이 하나둘 구름에서 빠져나왔어. 곧 대포만큼 커다란 카메라를 어깨에 멘 방송국 아저씨들이 들이닥쳤어. 아저씨들은 서로 밀치며 다른 사람보다 먼저 구름을 사진에 담으려고 애를 썼지. 다른 아이들은 학교 창문에 따개비처럼 다닥다닥 붙어서 그걸 보느라 정신이 없었지.

"여러분, 오늘 수업은 여기까지 하겠습니다. 모두 빨리 집으로 가세요."

얼굴이 막 자른 수박처럼 시뻘게진 선생님이 급하게 달려와 종례를 하시는 거야. 아이들은 수업을 안 한다는 사실에 신나서 얼른 가방을 챙겼지. 가방을 챙기고 있는데

시커먼 얼굴의 호기심 대장이 나타났어. 개 코가 코를 벌름거리며 킁킁 냄새를 맡았어.

"야, 너한테 이상한 냄새 나."

코를 벌름거리며 킁킁 냄새를 맡던 개 코가 호기심 대장을 보며 얼굴을 찌푸렸어.

"뭐? 개 코, 너 구름 맛 좀 볼래?"

호기심 대장이 화난 고양이처럼 익살스러운 표정을 지으며 개 코에게 덤벼들었어. 개 코의 양쪽 뺨에는 석쇠에 구운 고기처럼 줄 다섯 개가 생겼지. 나는 그 꼴이 너무 우스워서 깔깔대고 웃었어. 그런데도 개 코는 진지한 얼굴로 계속 코만 씰룩거리고 있는 거야.

"이거, 어딘가 익숙한 냄새야!"

"무슨 소리야?"

호기심 대장이 자기가 무슨 탐정이라도 된 것처럼 갑자기 진지한 표정을 짓는 거야.

"백화점 화장실에서 맡은 것도 같고…. 음, 맞다! 내가 좋아하는 민트 아이스크림 퍼 주던 누나의 손에서도 이 냄새가 났어. 그러고 보니 미술 담당 선생님에게서도 비슷한 냄새가 났던 것 같은데…."

"푸르리 화장품!"

개 코의 말을 가만히 듣던 호기심 대장이 갑자기 외쳤

어. 나는 처음에는 무슨 말인지 몰라서 고개를 갸웃거렸
지. 그러다 문득 미술 담당 선생님 책상에 커다란 화장품
병이 놓여 있던 게 떠오른 거야.

"만들기 시간에 푸르리 핸드크림을 나도 한번 발라 보겠
다고 떼를 썼었어."

호기심 대장이 말했지.

"아, 그 화장품이라면⋯."

나는 기억을 더듬었어. 인간 메모장, 기억력 하면 바로
나지. 처음 본 사람 코털 위치까지 정확하게 짚어 낸다는
거 아니냐.

"몇 달 전 '자연주의 화장품'이라고 학교 앞에서 베이비
로션 샘플을 나눠 줬었지. 아기들이 발라도 된다고 하면
서. 몇 년 전에 무슨 알레르기를 일으키는 물질이 들어
있다고 엄마들이 난리를 친 후 한동안 문을 닫았었어.
그러던 어느 날 아마존 밀림에 가서 몇 년간 연구를 한
끝에 안전한 화장품을 만들었다고 다시 나타났지. 수염
을 덥수룩하게 기른 사장이 아마존 추장이랑 TV에도 나
오고 말이야."

내가 입을 열자 아이들의 눈이 빛나기 시작했어.

"푸르리 화장품 공장이 우리 아파트에서 두 정거장쯤 가
면 있어."

나는 잠시 뜸을 들인 후 마지막으로 공장이 어디 있는지 덧붙이는 걸 잊지 않았어.

"그래? 생각보다 가까운 데 있었네. 한번 가 보자."

호기심 대장이 개 코의 등을 툭 쳤어.

우리 집에서 버스로 두 정거장이지만 학교에서는 버스를 타고 10분은 가야 했어. 마침 정류장에서 버스를 기다리고 있던 토끼를 꼬셔서 함께 가기로 했지. 우리가 탄 버스는 학교를 지나고 아파트를 몇 동 지나갔어. 몇 분 지나자 산들산들 바람에 흔들리는 이삭들을 가득 담은 들판이 나왔지. 오랜만에 초록색 들판을 바라보니 기분이 좋더라. 그렇게 몇 분을 더 가자 커다란 굴뚝을 가진 회색 건물이 보였어.

"저기야, 저기."

나는 네모난 회색 건물을 가리켰어. 그런데 뭔가 이상한 느낌이 드는 거야.

"어, 공장 지붕이 왜 저렇지?"

토끼가 머리띠를 바로잡으며 물었어. 세상에! 공장 지붕이 사라지고 없는 거야. 우리는 서둘러 버스에서 내렸어.

"난 아무래도 안 가는 게 좋을 것 같아."

토끼가 잔뜩 겁을 집어먹은 채 정류장에서 소금기둥처럼 굳어 버린 거야.

"그래. 그럼 우리끼리 간다. 너 혼자 있다가 누가 잡아 가도 모른다."

호기심 대장이 앞서 달려 나가며 토끼에게 한마디 했어. 그 말에 안 그래도 하얀 토끼의 얼굴이 석고상처럼 굳어 버렸어. 토끼는 주저주저하더니 후들거리는 다리로 우리를 따라왔어. 사실은 나도 지붕이 날아간 공장에 가는 게 좀 겁이 나긴 했어.

"이야, 이건 뭐 전쟁터가 따로 없네."

우리는 마당 여기저기 버려진 빈 자루들과 빈 병들을 헤치고 공장 안으로 들어갔어.

"저기 좀 봐!"

문을 여니 공장 가득 새까만 구름이 가득한 거야.

"구름이 떨어져 내리면서 공장 지붕이 망가졌나? 우리 학교도 하마터면 큰일 날 뻔했네."

나는 고개를 갸웃거리면서 한편으로는 좀 아쉬웠어. 구름이 지붕에 떨어졌더라면 한동안 학교 안 가도 되는데 말이야.

"어머, 이건 무슨 거대한 숯덩이네."

토끼가 놀라서 뒷걸음을 쳤지. 개 코의 말이 맞았어. 구름에서 이상한 냄새가 나더라고. 뭔가 머리 아픈 냄새랄까? 하여간 꽃향기는 분명 아니었어.

우리 중에 가장 바빠진 건 개 코였어. 개 코의 코 평수가 그렇게 넓어진 건 태어나서 처음 본 것 같아.

개 코는 구름에 코를 박고 한참 냄새를 맡더라고. 그걸 본 호기심 대장이 갑자기 밖으로 나와 빈 병들을 뒤지기 시작했어.

"대체 뭐 하는 거야? 지저분하게."

나는 호기심 대장의 뒤를 졸졸 따라다니면서 참견을 했어. 호기심 대장은 아무 말도 하지 않고 커다란 비닐 봉투에 빈 병을 대여섯 개 담더라.

"엄마한테 가져가 보려고."

호기심 대장의 엄마는 환경연구소인가에서 일하시거든.

"이것저것 섞어서 풀 향기를 만들려고 했나 봐."

호기심 대장의 엄마는 빈 병에 붙은 딱지들을 꼼꼼하게 보더니 이렇게 말했어.

"그런데 풀 냄새를 만드는 거랑 구름이 떨어지는 거랑 무슨 상관이에요?"

호기심 대장이 고개를 갸웃거렸어.

"이 병에 든 물질들은 사실 아주 무서운 것들이야. 따로 따로 있으면 별일 없는데 잘못해서 섞이면 폭탄이 된단다. 이것들을 섞다가 폭발하면서 엄청난 연기가 났던 모양이야. 그게 하늘로 올라가 지나가던 구름에 달라붙었

겠지. 구름이 그만 너무 무거워져서 떨어졌나 봐."

우리는 고개를 끄덕였어. 사실 무슨 말인지는 정확하게 이해할 수 없었지만 말이야. 아무래도 진호는 연구원인 엄마를 닮아 호기심 대장이 된 것 같아. 진호 엄마는 방송국에 전화를 했어. 전화를 받은 경찰이랑 방송국 사람들은 앞다투어 푸르리 화장품 공장으로 몰려갔대.

이제 우리가 더 할 수 있는 일이 없는 것 같아서 터벅터벅 걸어서 집으로 가고 있었어. 그래도 어딘가 아쉬운 생각이 드는 거야.

"아무리 생각해도 우리가 살면서 구름이 떨어지는 걸 몇 번이나 보겠냐? 이렇게 얌전하게 집으로 가는 건 억울해."

호기심 대장이 비장한 얼굴로 말했어. 서로 눈치만 보던 우리는 그 말이 떨어지기 무섭게 야호 소리를 지르며 학교로 달려갔어.

학교에 갔더니 구름이 떨어졌다는 소식에 구경꾼들이 구름처럼 몰려와 있는 거야. 다들 사진 찍느라 정신없더군. 우리는 사람들을 헤치고 앞으로 갔어. 아직도 소방관 아저씨들은 어떻게 구름을 되돌려 보내야 할 지를 몰라서 쩔쩔매고 있는 거야. 구석에서 심각한 얼굴을 한 높은 사람들이 모여서 무슨 이야기를 하고 있더라.

"왜 다들 이렇게 심각하게 생각하지? 그냥 검정이 묻은 거잖아. 빨면 되는 거 아냐."

토끼가 무심하게 말했어. 호기심 대장이 그 말을 듣고 눈을 깜빡거리더니 갑자기 씩 웃는 거야.

"너희들 나 좀 도와줘. 우리 구름을 빨아 널자."

"뭐, 구름을 빨아?"

우리는 어처구니없어서 멍한 얼굴로 호기심 대장을 바라봤어. 호기심 대장은 손가락으로 소방차를 가리켰어.

"말도 안 돼."

소방관 아저씨들은 우리를 비웃었어. 하지만 우리가 누구야. 호기심 대장이 화단에 물 줄 때 쓰는 호스를 가져오더니 구름을 향해서 물줄기를 쏴아 쏘았지. 그러자 시커먼 땟국이 주르르 흘러나오지 뭐야. 그걸 보고 토끼는 깡충깡충 제자리 뛰기를 하는 거야. 그냥 한번 해 본 말인데 그게 진짜 먹히니까 너무 감동했나 봐.

"어머, 더러워!"

땟국을 본 사람들은 얼굴을 찌푸렸어. 때가 빠진 구름은 다시 뽀얀 얼굴을 내밀었지. 그걸 본 소방관 아저씨들이 얼른 소방 호스를 꺼내서 함께 구름을 빨기 시작했어.

"물만으로는 때가 잘 안 빠질 것 같은데…."

누군가 걱정하는 소리가 들렸어. 나는 집에서 엄마가 빨래할 때 거들다가 베이킹파우더를 쓰면 뽀얗게 세탁할 수 있다는 이야기를 들었던 걸 기억해 냈지. 역시 나는 기억력 대장이야, 안 그래? 그래서 학교에서 베이킹파우더가 있을 만한 곳이 어딜까 생각해 봤어. 아, 조리실. 거기라면 베이킹파우더가 있을 게 분명했지. 나는 조리실로 찾아가 영양사 선생님과 함께 커다란 베이킹파우더 자루를 끌고 왔어. 우리는 물 뿌리기를 멈추고 구름 위에 뽀얀 베이킹파우더를 뿌렸지.

"이야, 이런 신기한 경험을 언제 또 하겠어."

구경꾼들은 앞다투어 몰려와 구름 빨래를 도왔어.

"자, 다들 비켜요."

소방관 아저씨가 다시 물을 뿌리기 시작했지. 남아 있던 더러움이 마저 씻겨 나가고 깨끗한 물이 흘러나오자 사람들은 신나서 만세를 불렀어. 스펀지처럼 구멍이 숭숭 뚫려서인지 구름은 금방 말랐어. 햇빛에 보송보송해진 구름은 물기가 마르면서 조금씩 떠오르기 시작했지.

"우아, 다시 떠오르고 있어!"

토끼가 신나서 머리띠의 귀를 마구 흔들었어. 그 옆에서 개 코가 훌쩍훌쩍 코를 들이마시며 몰래 눈물을 훔쳤어. 구름에서 나는 참을 수 없는 약품 냄새 때문에 남들보다 백 배는 더 힘들었거든.

나를 밟은 그림자

이게 웬일인가. 눈앞에 눈도 코도 입도 없는 시커먼 놈이 떡 버티고 있었다. 나는 놀라서 몸을 일으키려고 했다. 그러나 어떻게 된 일인지 꿈쩍도 할 수 없었다.

쿵!

한참 잘 자고 있는데 머리가 무언가에 세게 부딪혔다. 이어 끼익 현관문 열리는 소리가 났다.

"뭐야?"

나는 짜증을 내며 눈을 떴다. 그런데 이게 웬일인가. 눈 앞에 눈도 코도 입도 없는 시커먼 놈이 떡 버티고 있었다. 나는 놀라서 몸을 일으키려고 했다. 그러나 어떻게 된 일인지 꿈쩍도 할 수 없었다.

"어, 내 몸이 왜 이러지?"

나는 갑작스럽게 생긴 일에 당황해서 울먹였다.

"언제까지 그렇게 잘 거야. 나 학교 가니까 잘 따라와."

무슨 일이 일어나고 있는지 생각할 틈도 주지 않고 시커먼 놈이 움직이기 시작했다. 어, 그런데 그놈이 움직이자 꼼짝하지 않던 내 몸이 막 끌려가는 것이 아닌가. 스르르 바닥을 미끄러지나 싶더니 쏜살같이 엘리베이터에 올라탔다. 시커먼 녀석은 안으로 쑥 들어갔지만 바닥에 붙어 있는 나는 그만 머리가 엘리베이터 문에 끼이고 말았다.

"아야, 사람 살려!"

아무리 소리를 질러도 문이 열리지 않았다. 사람이 끼

었는데 이럴 수가. 나는 1층까지 엘리베이터 문에 끼인 채 가야 했다. 1층에서 문이 열리자 살 것 같았다. 하지만 내가 숨을 고르기도 전에 녀석은 다시 움직이기 시작했다. 나는 계속 질질 끌려갔다. 엘리베이터 문에 끼인 탓인지 머리가 깨질 것같이 아팠다. 겨우 몇 걸음 더 가서 이번에는 화단의 돌 귀퉁이에 머리를 찧었다. 안 그래도 아픈 머리가 수박처럼 쩍 갈라질 것 같았다. 게다가 조금 가다 물웅덩이에 빠지는 바람에 등마저 흠뻑 젖고 말았다.

"아, 머리가 깨질 것 같아. 등도 젖어서 짜증 난단 말이야. 좀 천천히 가."

화가 나서 나를 끌고 다니는 녀석에게 버럭 소리를 지르고 말았다.

"너는 내가 바닥에 긁힐 때 언제 한번 돌아보기나 했어?"

시커먼 놈은 잠깐 걸음을 멈추더니 이렇게 나무랐다.

"그게 무슨 소리야?"

어처구니없었지만 나는 정신을 가다듬고 그놈을 똑바로 올려다보았다. 어딘가 눈에 익었다. 나를 닮아 있었다. 짧은 머리, 매부리코, 툭 튀어나온 이마…. 갑자기 등에서 식은땀이 흘렀다.

'어, 이건 영락없는 내 모습인데…. 설마?'

나는 주변을 둘러보았다. 시커먼 그림자들이 출근을 서

두르고 있었다. 그 그림자 아래에는 사람이 한 명씩 매달려 있었다. 사람들은 바닥에 누운 채 이리저리 끌려다니고 있었다.

"너 때문에 한눈파는 사이에 파란불이 깜빡이고 있잖아. 지각하면 다 너 때문인 줄 알아."

그림자는 투덜거리며 서둘러 건널목을 건넜다. 다행히 빨간불로 바뀌기 직전에 길을 다 건너나 싶었다. 그런데 성질 급한 차 한 대가 빨간불로 바뀌기 무섭게 부릉 속도를 내며 달려 나왔다.

"악!"

외마디 비명을 지르며 나는 눈을 꽉 감았다. 쇳덩이가 휙 내 배를 밟고 지나가려 했다. 내장이 한곳으로 밀리며 팽팽해졌다. 펑 하고 터질 것 같았다. 다행히 그림자 녀석이 지각할까 정신없이 달린 덕분에 배가 터지는 일만은 피할 수 있었다. 대신 내 오른쪽 다리가 차 바퀴에 깔리는 바람에 정강이뼈가 으스러지고 말았다.

"뼈가 가루가 된 것 같아."

나는 너무 아파서 엉엉 울며 그림자를 바라보았다.

"뭘, 그 정도 가지고 엄살은. 캄캄한 극장에서 갑자기 몸이 사라져 쩔쩔매고 있을 때, 넌 마치 처음부터 내가 존재하지 않았던 것처럼 굴었잖아. 가로등 불빛이나 달빛 아래서 가까스로 버티고 있을 때, 넌 단 한 번이라도 나를 내려다보며 힘내라고 해 준 적 있어?"

그림자 녀석은 그런 일쯤은 아무것도 아니라는 듯 화를 내기까지 했다.

"다리가 못 쓰게 됐다고."

"어차피 너는 걸어 다닐 일이 없으니까 다쳐도 그만이야."

그림자는 여전히 쌀쌀했다. 도대체 남 생각이라고는 눈곱만큼도 할 줄 모르는 매정한 놈이다. 나는 불평하기를 그만두고 조용히 끌려갔다. 녀석 말마따나 걷지 않아도 되는 게 이럴 때는 얼마나 다행인지 모른다.

정신없이 달려가던 그림자는 교문 안에 들어서자 털썩 주저앉았다. 덩달아 나도 짧아지고 말았다. 아파서 미치겠는데 어쩔 수 없이 나도 녀석을 따라 울며 겨자 먹기로 쪼그리고 앉는 수밖에 없었다.

"다음부터는 좀 더 일찍 다녀!"

그림자 대신 땅에 누운 담임선생님의 커다란 몸이 불쑥 다가와 나를 덮었다. 나는 안 그래도 아픈 다리로 쪼그리고 있느라 힘든데 담임선생님의 커다란 몸에 눌리기까지 하니 숨을 쉴 수가 없었다.

'그러게 평소에 다이어트 좀 하시지.'

나는 숨을 헐떡이며 어서 담임선생님에게서 벗어날 수

있도록 기도했다.

"어머, 김 선생님 오늘은 어째 살이 좀 빠지신 것 같아요."

옆 반 선생님이 오늘도 우리 선생님에게 인사를 건넸다. 대꼬챙이 같은 그림자를 보자 담임선생님 그림자가 바쁜 일이라도 있는 것처럼 얼른 자리를 피했다. 덕분에 나는 겨우 숨을 쉴 수 있었다.

그림자가 일어나 슬슬 교실로 향했다. 나는 수업 받을 생각을 하니 가슴이 답답해졌다.

'다리도 아프고 몸도 마음대로 움직일 수 없는데 수업을 제대로 들을 수 있을까?'

아니나 다를까, 교실에 들어가 자리에 앉자마자 허리가 반으로 꺾이는 게 아닌가. 그 상태로 종일 수업 들을 생각을 하니 눈앞이 캄캄했다.

"경수야. 나야, 나. 은혜!"

반쯤 꺾인 허리로 가까스로 버티고 있는데 누군가 아는 체를 했다. 내 짝 은혜였다. 언제나 커다란 만화영화 캐릭터가 그려진 분홍색 가방이 먼저 눈에 들어오는 아이였다. 그런데 오늘은 시커먼 그림자를 앞세우고 풀이 죽은 채 내 옆으로 왔다.

"대체 지난밤에 무슨 일이 있었던 거야. 다들 왜 이렇게 된 거지?"

나는 분홍색 가방을 꼭 껴안은 채 바닥에 납작하게 붙어 있는 은혜에게 물었다.

"몰라. 갑자기 얼굴로 뭐가 떨어져서 놀라서 일어났더니 그림자가 날 내려다보고 있더라. 자고 있는 나한테 가방을 집어 던졌어. 세상에! 감히 우리 엘사 공주님 가방을…."

은혜는 오리 주둥이처럼 입을 삐죽 내밀고는 퉁명스럽게 대답했다. 평소 같았으면 장난스럽게 꿀밤이라도 한 대 먹였겠지만 지금은 손가락 하나 내 마음대로 움직일 수 없었다. 하긴, 세상에 이런 일을 당하고도 제정신일 수 있는 사람이 어디 있겠어? 지금 나마저도 여기저기 부서진 몸 때문에 마음마저 너덜너덜한데 말이다. 은혜의 심정을 모르지 않았다.

"여러분, 안녕?"

담임선생님 그림자는 뭐가 신나는지 커다란 몸을 흔들며 교단으로 올라갔다. 그림자 아래에서 팔짱을 낀 채 선생님은 입이 한 발 나와 있었다.

"나도 한번 누군가를 가르쳐 보고 싶었어. 매일 가르치는 걸 듣기만 했다고. 내가 선생님보다 훨씬 똑똑한데…. 자, 그럼 내가 얼마나 아는 게 많은지 다들 눈 똑바로 뜨고 들어."

담임선생님 그림자는 뭐가 그렇게 신나는지 숨도 쉬지 않고 떠들어 댔다.

수업이 시작되자 슬슬 졸음이 밀려오기 시작했다. 아침부터 온갖 험한 일을 겪어서인지 나도 모르게 눈이 감겼다. 허리가 꺾인 자세에서도 잠이 온다는 게 신기했다. 꿀잠이라는 게 바로 이럴 때를 위해서 생겨난 단어인가 싶을 정도로 잠이 달았다. 그림자랑 자리를 바꿔서 좋은 게 딱 하나 있다면 바로 이렇게 마음껏 졸아도 누가 뭐라고 안 한다는 것이었다.

그때 갑자기 그림자가 벌떡 일어났다. 덕분에 나도 놀라서 정신이 번쩍 들었다.

"아이, 지루해 죽겠네. 늘 끌려다니다 겨우 마음대로 움직일 수 있게 되었는데 수학이 다 뭐야? 야, 다들 일어나."

내 그림자 말에 어깨가 축 처져 있던 다른 그림자들이 우우 소리를 지르며 일어났다.

"너희들, 수업 중에 어딜 가는 거야. 내가 지금 얼마나 중요한 이야기를 하고 있는데."

화가 난 선생님 그림자가 분필을 분질러 총알처럼 마구 쏘아 댔다.

그림자들은 우르르 교실을 박차고 나왔다. 어디선가 솔솔 닭고기 냄새가 풍겨 왔다.

"오늘 급식에 치킨이 나오나 보다. 학교에 온 보람이 있었네."

"아침부터 쫄쫄 굶었더니 배고파. 잘 됐다. 다들 급식실로 가자."

그림자들은 신나서 야호 소리를 지르며 급식실로 달려갔다. 프라이팬에서 막 튀겨 낸 닭 다리가 수북이 쌓여 있었다. 그림자들은 커다란 그릇에 담긴 닭고기를 집더니 우걱우걱 먹기 시작했다.

"쩝쩝쩝. 이야, 맛있다!"

나는 침을 꼴깍 삼켰다.

"한 입만 줘. 같이 먹어야지."

그림자는 내 말을 듣는 척도 하지 않았다. 닭 다리는 순식간에 뼈만 남았다.

"아무리 그림자라도 의리가 있지. 아침부터 같이 고생하고 자기만 치킨을 먹는 게 어디 있어."

나는 어처구니가 없어서 목소리를 높였다.

"시끄러워. 바닥에 바짝 달라붙어서 졸졸 따라만 다닌 주제에 뭘 했다고 치킨 타령이야."

그림자는 번들번들한 얼굴로 나를 쓱 내려다보았다. 나는 그림자를 째려보았다.

"배도 부르겠다, 우리 축구나 한판 하자."

반장인 재혁이 그림자가 신이 나서 외쳤다. 그 아래서 재혁이가 곧 울 것 같은 얼굴을 하고 있었다.

"그거 좋은 생각인데."

그림자들이 우르르 운동장으로 몰려갔다.

햇살이 따가운 운동장 한가운데에 누워 있으려니 죽을 지경이었다. 무엇보다 햇빛이 눈부셔서 눈을 제대로 뜰 수 없었다. 하지만 내 기분 따위와는 상관없이 그림자는 신이 나서 펄쩍펄쩍 뛰었다.

"하필이면 왜 오늘 같은 날 축구를 하겠다는 거야. 누가 내 안경 또 밟으면 나 진짜 미쳐 버릴 거야."

커다란 안경을 쓴 재혁이가 투덜거렸다.

'평소에 틈만 나면 운동장으로 아이들을 불러내서 축구 하자고 조른 게 누군데….'

나는 이 말이 목구멍까지 넘어왔지만 거의 뭉개지다시피 엉망이 된 재혁의 얼굴을 보자 차마 입을 열 수가 없었다.

"햇빛 때문에 우리 엘사 공주님 눈알이 다 증발해 버릴 것 같아."

디즈니 공주 가방을 꼭 껴안은 채 은혜가 짜증을 냈다. 우리가 불평을 하건 말건 그림자들은 편을 나누더니 공을 차기 시작했다.

"이쪽으로 패스해!"

키가 큰 그림자 하나가 내 어깨를 밟고 지나갔다.

누구의 그림자인지 보려고 했는데 다른 그림자가 와서 내 눈을 밟아 버렸다.

"저리 비켜!"

나는 신경질적으로 소리쳤다. 하지만 내 그림자는 내가 다치건 말건 아랑곳하지 않고 다른 그림자들이랑 몸싸움을 계속했다. 이러다가 자칫 잘못하면 내 머리가 짓이겨질 것 같았다.

"그만하라고!"

나는 제정신이 아니었다.

"이런 돼먹지 못한 그림자야. 닭 다리도 안 주더니 이제는 다른 놈들이 나를 마구 밟게 만들어. 네가 누구 때문에 세상에 존재할 수 있는데 나를 이렇게 막 다뤄. 축구고 뭐고 당장 그만두라고."

마음 같아서는 실컷 두들겨 패 주고 싶었다. 몸을 마음대로 움직일 수 없는 게 너무 분했다.

"이야아아. 이 녀석아, 그만하라고!"

내가 소리를 지르며 방해하는 사이 어디선가 그림자 하나가 순식간에 셋 사이를 비집고 들어와 공을 낚아채 갔다.

"야, 너 때문에 공을 빼앗겼잖아."

그림자의 표정이 일그러졌다.

"이게 보자보자 하니까 정말. 내가 그동안 너의 그림자로 살면서 얼마나 많이 참았는데, 겨우 하루 내 자리에 있다고 이 난리야 지금!"

그림자의 목소리가 심상치 않았다.

"좋아. 나도 자기만 아는 이기적인 애랑 매일 같이 다니기 지겨워. 흥, 이제부터 혼자 잘 해 봐."

그림자가 갑자기 허리를 구부리더니 우리가 서로 붙어 있는 발바닥을 더듬었다.

"설마 나를 떼어 내려는 건 아니지?"

나는 겁에 질려 목소리가 저절로 떨렸다. 그림자는 나를 한번 째려보더니 손으로 내 발을 북 찢었다.

"안 돼!"

나는 죽을힘을 다해 소리를 질렀다. 그때 무언가 쿵 소리를 내며 내 머리를 때렸다. 나는 정신을 잃었다.

"경수야, 괜찮아?"

재혁이가 내 어깨를 툭 쳤다. 재혁이는 축구공을 든 채 걱정스러운 얼굴로 나를 보고 있었다. 깨진 안경알은 온데간데없고 맑은 유리알 위로 햇빛이 반사되고 있었다.

"네가 머리에 공 맞고 어떻게 된 줄 알고 걱정했잖아."

나는 얼른 바닥을 내려다보았다. 햇빛 때문에 짧아진 그림자가 바닥에서 나를 바라보고 있었다.

꿈과 희망을 찾아서

요즘 아이들을 보면 마음 아플 때가 많습니다. 곳곳에 학원은 점점 늘어나는데 놀이터는 점점 비어 가고 있기 때문입니다. 알록달록 예쁘게 꾸며진 놀이터에 나와 노는 초등학생은 주말에도 잘 보이지 않습니다. 쉬는 때조차 예쁜 나비를 따라 풀밭을 헤치고 다니는 대신 소파에 누워 작은 화면 속 게임 캐릭터들을 잡는 게 더 익숙합니다.

태어나는 아이들 수가 눈에 띄게 줄었다고 나라의 미래를 걱정하는 목소리가 여기저기서 들려옵니다. 아이들이 줄어든다는 것은 세상이 그만큼 살기 힘들어졌다는 이야기일 것입니다. 동화를 쓰는 사람에게는 가슴 아픈 일입니다.

아이들은 마음껏 뛰어놀고 마음껏 공상하며 하루하루 행복하게 지낼 수 있어야 합니다. 그런 즐거운 활동을 통해 어떤 일을 할 때 자신이 행복한지 알 수 있게 되고, 미래를 어떤 색깔로 물들여야 하는지 정할 수 있게 되기 때문입니다. 독서는 교육적이면서도 재미있는 활동입니다.

상상력을 자극하는 재미있는 책을 많이 읽는 것은 아이들의 감정을 풍부하게 하고 생각하는 힘을 키워 줍니다.

이 책은 네 편의 이야기를 담고 있습니다. 성적 때문에 속상해하다가 이상한 게임에 참가하기도 하고, 텅 빈 가슴 때문에 고민하던 허수아비가 심장을 얻고 꿈을 가지게 되기도 합니다. 학교에 구름이 떨어져 난리가 나기도 하고, 어느 날 아침에 일어나 보니 몸이 그림자랑 위치가 바뀌어 있기도 합니다. 모두 재미난 상상이 펼쳐지는 환상의 세계로 어린이들을 초대하는 작품들이지요.

〈얼음벽 속의 학교〉

얼음벽 속의 학교는 9개의 부분으로 구성되어 있습니다. '그깟 시험이 뭐라고', '잊힌 나비', '그림자 경주', '새로운 친구', '반칙자들', '금테 안경의 반란', '점점 높아지는 얼음벽', '얼음벽에 갇힌 아이들과 나비', '전학생' 순서로 이야기가 전개됩니다.

성적 때문에 스트레스 받던 주인공 수연은 어느 날 환상의 세계로 들어가 그림자 경주에 참가하게 됩니다. 남의 그림자를 뺏으면 내 그림자가 더 길어지고, 그림자를 빼앗긴 아이는 사라지게 되는 게임입니다. 그곳에서 수연은 준혁이라는 새로운 친구를 사귀게 되고 점점 길어지는 그림자를 보며 즐거워합니다. 그렇게 수연이 점점 경주에 빠져들고 있을 때, 그림자를 밟아도 사라지지 않도록 하는 투명막을 사용해 반칙을 하는 아이와 준혁이 다투게 됩니다. 금테 안경을 낀 그 아이는 반칙을 부끄러워하기는커녕 준혁을 비웃습니다. 준혁은 화가 났습니다. 그런 준혁 앞에 그림자를 밟지 않고 쏘아서 빼앗을 수 있는 총을 가지고 있다는 아이가 나타납니다. 그 총을 손에 넣게 된 준혁은 투명막을 가진 아이와 싸우다가 그만 총을 빼앗기게 됩니다. 투명막과 총까지 손에 넣은 금테 안경은 두려울 게 없습니다. 난폭해진 그에게 두려움을 느낀 아이들이 경주를 포기하고 숨어 버립니다. 수연과 준혁은 다른 아이들과 힘을 합쳐 금테 안경을 물리칩니다. 다시 그림자 경주가 시작되고 그림자를 뺏고 빼앗기는 게임

은 점점 더 치열해집니다. 수연은 점점 지쳐 갑니다. 잠시 멈추고 숨을 고르던 수연은 그림자 게임이 진행될수록 꽃은 점점 사라지고 얼음벽이 높아진다는 사실을 알아차립니다. 결국 몇 명만 남게 된 아이들은 그 경주의 끝에 화려한 시상식이 기다리는 것이 아니라는 것을 깨닫고 절망합니다. 다행히 얼음벽에 갇힌 아이들은 수연이 어린 시절 좋아했던 그림책 속 나비의 도움을 받아 그곳을 탈출할 수 있었습니다. 현실 세계로 돌아온 수연은 창밖 거센 바람 속에서 날아오른 나비를 발견합니다. 그때, 선생님이 새로운 전학생을 소개합니다. 전학생을 본 수연은 깜짝 놀랍니다. 바로 준혁이었기 때문입니다.

이 작품에서 중요한 두 개의 단어를 꼽는다면 그림자와 나비일 것입니다. 아이들은 가장 큰 그림자를 가지기 위해 온 힘을 다해 경주에 참여합니다. 하지만 그림자 경주의 끝에 그들을 기다리고 있는 것은 화려한 시상식이 아니었습니다. 이 작품은 남과의 경쟁에서 이기는 것보다는 자기만의 소중한 나비를 좇아야 한다는 것을 말해 줍니다. 여러분은 어떤 나비를 따라가고 싶나요?

〈바다로 간 허수아비〉

이 동화는 꿈을 찾아가는 여행을 그린 작품입니다.

가슴에 옹이가 빠져 바람이 불 때마다 이상한 소리를 낸다고 버려진 허수아비가 있었습니다. 어느 날, 물고기를 잡아먹으러 오는 새들을 물리치는 데 허수아비가 도움이 될 것 같다며 누군가 그를 양식장으로 데려갑니다. 낯선 바다에서의 생활에 점점 적응해 가던 허수아비는 바다 친구들에게 텅 빈 가슴을 채울 수 있는 방법이 있는지 물어봅니다. 친구들은 고래에게 도움을 청하라고 말해 줍니다. 하지만 먼바다에 사는 고래를 양식장에 사는 허수아비가 만날 수 있는 방법은 없었습니다. 얼마 후, 거센 폭풍이 몰아치는 바람에 먼바다까지 떠내려가게 된 허수아비는 물고기 친구들의 도움으로 고래를 만나게 됩니다. 허수아비의 말을 들은 고래는 용왕님이라면 허수아비의 문제를 해결할 방법을 알고 있을지도 모른다고 말합니다. 허수아비

와 친구들은 고래의 도움을 받아 텅 빈 가슴을 채울 심장을 얻기 위한 여행을 떠납니다. 용왕님을 만나기 위해 용궁에 도착한 그들은 상상했던 모습과 너무나 다른 용궁의 모습에 깜짝 놀랍니다. 아이들에게 잊힌 용궁과 용왕님은 작고 초라한 모습이었습니다. 세상이 변하면서 사람들이 꿈을 잃어버리고 눈에 보이는 것만을 따라다니게 되면서 더 이상 용궁을 궁금해하는 이들이 없으니 용궁 안의 모든 것들이 빛과 아름다움을 잃어버리고 용왕님도 점점 작아지고 볼품없는 물고기로 변하고 말았던 것입니다. 용왕님은 허수아비에게 연어 떼가 알을 낳으러 육지로 가기 위해 방향을 트는 곳에 잠시 생겼다 사라지는 섬에 가면 심장을 얻을 수 있다고 말해 줍니다. 허수아비와 친구들은 연어 떼를 찾아 다시 여행을 떠납니다. 연어 떼를 만난 허수아비 일행은 산호섬이 나타나기를 기다립니다. 보름달이 환하게 뜬 밤, 잠든 연어 떼 사이로 신비로운 섬 하나가 떠오릅니다. 연어들이 서둘러 그 섬을 돌아 태어난 곳으로 돌아가는 여행을 시작하는 사이, 허수아비와 친구들은 산호섬에 오릅니다. 섬 중앙 작은 연못에 비친 달을 마신 허수아비는 마침내 그토록 원하던 심장을 얻게 됩니다.

〈구름이 떨어졌어요〉

이 동화는 난데없이 구름이 떨어지면서 벌어지는 이야기입니다. 구름을 원래대로 되돌리려고 애쓰는 과정을 통해 환경오염에 대해 생각하게 해 주는 작품입니다.

수업 중 쿵 소리가 나며 구름 한 채가 운동장에 떨어졌습니다. 지진이라도 난 줄 알고 겁먹었던 아이들은 구름이 떨어졌다는 사실을 알고는 신이 나서 구름 위로 뛰어내리며 놉니다. 그런데 구름 위로 뛰어내리며 놀던 아이들 몸에 시커먼 것이 묻어 납니다. 냄새를 유난히 잘 맡는 친구인 개 코가 구름에서 이상한 냄새가 난다고 말합니다. 곧 소방서와 방송국에서 나온 사람들로 학교는 붐비게 되고 아이들은 얼른 집으로 돌아가라는 말을 듣습니다. 집으로 돌아가려던 주인공과 친구들은 개 코가 구름에서 나는 냄새가 익숙한 냄새라고 말하는 것을 듣고 이야기를 나누다

가 그 냄새가 근처 푸르리 화장품 공장에서 나는 것임을 알게 됩니다. 주인공과 친구들은 버스를 타고 화장품 공장으로 향합니다. 공장 안은 검은 연기로 가득 차 있고 지붕은 날아간 상태였습니다. 주인공과 친구들은 공장에 버려진 빈 병 몇 개를 가지고 연구원인 호기심 대장의 엄마를 찾아갑니다. 호기심 대장의 엄마는 섞이면 폭탄이 되는 물질을 화장품에 넣으려고 한 것 같다고 말해 줍니다. 공장에서 일어난 사고로 구름이 무거워져 떨어졌다는 걸 알게 된 주인공과 친구들은 다시 학교로 돌아가 구름을 돌려보낼 방법을 고민합니다. 친구가 무심코 한 말에서 힌트를 얻은 아이들은 구름을 깨끗하게 빨아 보송하게 말린 후 하늘로 돌려보냅니다.

점점 지구의 온도가 올라가면서 예전에 없던 거센 폭풍이나 불볕더위가 나타나 사람들을 괴롭게 하고 있습니다. 환경문제는 누구 하나가 나선다고 해결할 수 있는 문제가

아닙니다. 우리 모두가 지구의 주인이라는 걸 잊지 말아야
겠습니다.

⟨나를 밟은 그림자⟩

그림자와 몸이 뒤바뀐 아이의 이야기입니다. 늘 바닥에
누워 끌려다니는 존재인 그림자에 대해 생각해 보지 않았
던 주인공은 여러 가지 일을 겪으며 사회적 약자의 입장에
서 세상을 바라보는 기회를 갖게 됩니다.

어느 날, 아침에 일어나 보니 시커먼 놈이 주인공을 내
려다보고 있습니다. 그림자와 몸이 바뀌었던 것입니다. 그
림자 대신 땅바닥에 누운 주인공, 학교로 가는 길은 험난
하기만 합니다. 엘리베이터 문에 끼이기도 하고 자동차에
치이기도 하면서 죽을 고비를 넘깁니다. 땅에 누운 사람도
좀 생각해서 행동하라고 주인공이 따지자 그림자는 너는
언제 나를 생각해 준 적 있느냐며 냉정하게 대합니다. 주
인공과 그림자는 가까스로 학교에 도착합니다. 학교에 도
착해 보니 선생님과 다른 아이들도 그림자와 몸이 바뀌어
있습니다. 수업이 시작되자 아침부터 온갖 험한 일을 겪은
탓인지 졸음이 밀려옵니다. 주인공이 꿀잠을 자고 있는데,

지루한 수업 시간을 참을 수 없었던 그림자가 갑자기 벌떡 일어납니다. 다른 그림자들도 우르르 일어나 밖으로 나갑니다. 운동장으로 나가는 길에 맛있는 냄새에 끌린 그림자들은 치킨을 먹으러 급식실로 달려갑니다. 주인공은 한 입만 달라고 애원했지만 그림자는 들은 척도 하지 않습니다. 운동장으로 나간 그림자들은 축구 경기를 합니다. 맛있는 닭고기를 한 입도 나눠 주지 않은 채, 축구한다고 이리저리 끌고 다니며 밟히게 한 그림자에게 화가 난 주인공은 그림자와 심한 말다툼을 하게 됩니다. 결국 화가 난 그림자가 주인공과 이어진 발바닥 부분을 부욱 찢어 버립니다. 그렇게 주인공은 현실로 돌아오게 됩니다.

4편의 작품은 모두 환상의 세계로 어린이들을 데려갑니다. 성적 때문에 스트레스를 받던 아이가 이상한 게임 속으로 들어가기도 하고, 허수아비가 먼바다로 여행을 떠나기도 하고, 난데없이 학교에 구름이 떨어지기도 하고, 어느 날 자고 일어났더니 그림자와 몸이 바뀌어 있기도 합니다. 환상의 세계는 어린이들에게 새롭고 신나는 체험을 선사할 뿐 아니라, 자신을 둘러싼 현실을 다른 각도에서 바라볼 수 있게 만들어 줍니다. 그런 경험을 통해 우리 어린이들은 무엇을 위해 공부하고 경쟁하는지 생각해 볼 수 있고, 혹시 꿈과 희망을 잃고 살아가고 있는 건 아닌지 자신을 돌아보게 되기도 할 것입니다. 혹은 우리가 살아가는 지구와 환경을 소중하게 지켜야 한다는 걸 새삼 느낄 수도 있고, 그늘진 곳에서 살아가는 많은 사회적 약자들에게 눈을 돌리게 될 수도 있습니다.

동화책을 덮을 때 어린이들이 자기 자신과 세상에 대해 더 깊고 더 넓게 바라볼 수 있는 눈을 가지게 되기를 기대해 봅니다.